徳間文庫

ひとり夢見る

赤川次郎

徳間書店

目次

1　面接

予感はあった。

生れてこの方、十七年間付合って来た母のことだ。何となくそわそわして落ちつかない様子を見て、「トイレに行きたいのかどうか」くらいはピンと来るもの。

さりげなく——その実、ちっともさりげなくなんかなくて——膝《ひざ》に置いた手がそっと交差して、スーツの袖口《そでぐち》をずらし、腕時計を盗み見している母のことを、私はとっくに気付いていた。

「——この日程については、よく憶《おぼ》えておいて下さい」

壇上に立った、受験担当の先生がメガネを直しながら強調すると、講堂の中は一斉にメモを取る母親たちの動きでざわつく。

——高校二年生。十七歳の青春は、「受験」というブラインドのおかげで大分日がかげっているが、それでも若さは若さで、心配事を先送りすることにかけては、誰もが天才である。

この〈受験のためのガイダンス〉も、講堂を埋めた母と子の取り合せの内、必死で先生の話を聞き、メモを取っているのは専《もっぱ》ら母親の方。娘たちは、ちっとも実感がわかない様子で、退屈そうにしている。

例外が私の母で、他の母親たちがせっせとメモを取っているときに辺りはばからず大欠伸《あくび》をした。

「お母さん！」

私は、さすがに見かねて、肘《ひじ》で母の脇腹《わきばら》をつついた。「やめてよ、みっともない！」

そんなことでめげる人ではない。

「だってお話が面白くないんだもの」

と、周りにも充分聞こえる声で言う。

幸い、周囲の耳は専ら先生の語る「受験情報」の方へ向けられていて、私はホッとしたのだった。

「ひとみ」

と、母が言った。「あんた、憶えといてね」

ちょっと……。

文句を言ってもむだなことで、私はあわてて手帳を取り出して、先生の話を、頭に残っている内に必死で書きとめた。

メモを取る音が止《や》むと、再び講堂は波が引いたような静けさに支配された。

「――それでは、以上受験に関する一般的な注意事項の説明を終ります」

と、先生が講堂を見回し、「ぜひ、今日の話を参考に、お宅へ帰られたら、お子さんとお母様方とでよく話し合って、受験する大学を決めて下さい。もちろん、我々教師も精一杯お手伝いをしますが、受験するのは、お子さんたちなのです。その心構えをぜひ身につけておいていただきたい」

コロコロ太った、この先生は西尾といって、本来は英語の教師。しかし、「受験」の話をしているときの方が何倍も楽しそうだというのは、定評である。

受験担当の先生は、いい大学に合格した生徒が多ければ多いほど、当然、業績を上げたとみなされ、「学年主任」や「教頭」のポストが待っている。

西尾先生が熱心になるのも当然なのだった。

「――では、これから各自のクラスへ移動し、個別面談に入ります」

と、司会の先生がマイクを手にして言うと、ガタゴト音をたてながら、みんなが立ち上る。

K女子高校の講堂は創立以来の「由緒ある建物」で――要するに古くて、床板はあちこちつぎはぎだらけで、椅子も木の長椅子が並べてあるだけなので、立ったり座ったりすると、やたらうるさい。

出口の所で、しばし人の流れが詰って、足を止める。

そこここで、母親同士が、

「あらお久しぶり」

「お元気？」

「お華の会、どうなった？」

とやっている。

こんなときでも、私の母親は一人である。およそ母親同士の「お付合い」というものに関心がないらしい。ま、それはそれで、母の自由だから構わないのだが。

「お母さん」

私は、出口で詰った人の流れが動き出すのを待ちながら言った。「先生に変なこと言わないでよ」

「大丈夫よ」

と、母は澄ましているが、まず大体、こういうときに消防車顔負けの真赤なスーツを着てくること自体、普通じゃない。

まあ、こんなことでいちいち腹を立てていたら、「浅倉しのぶの娘」はやっていけないのである。

——やっと講堂の出口から表へ出る。

秋の午後、K女子高校は色づき始めた木々に埋れて、爽やかだ。

「——教室、あっちだよ」

と、私は母がキョロキョロしているのを見て、腕をつついた。

「分ってるわ。あの——ちょっとお手洗に寄ってく。すぐ戻るわ」

母はまたトコトコと階段を上って、講堂の中へ戻って行く。私は呆《あき》れて両手を腰に当て、ため息をついた。

「——ひとみ！」

と、手を振ってやって来たのは、親友の本間沙代子《ほんまさよこ》。

「沙代子、どうしたのよ。ここんとこ、電話しても留守電だし」

と、私は言った。

「ごめん！　お父さん、入院してさ」

「え——」

私は言葉を失った。「入院って……」

「大したことないの。出張先で血を吐いた、って連絡があって、お母さん焦ってニューヨークへ飛んでったの」

「ええ？　いやだ！」

「ただの胃潰瘍《いかいよう》だって。当人、胃が痛いのに、ガンじゃないかって怖がって検査受けなかったんで、ひどくなって出血したんだよ」

明るく言う沙代子に、私はホッとした。

「良かった！　じゃ、一度お見舞い行こう」

「うん、行ってやって。ひとみが行ったら喜ぶよ。可愛い子趣味だから、うちのお父さん」

と言いながら、本間沙代子自身が、上品な美少女なのだ。

私みたいな「粗雑な美少女」（？）とはわけが違う。K女子高校の垢抜《あかぬ》けたブレザーの制服は、沙代子がほっそりとした身に着るといかにも「お嬢様」の雰囲気。

「じゃ、今日、お母さんはみえないの？」

と、私が訊《き》くと、

「ううん、来てる。今、西尾先生と話してたけど——。ひとみのお母さんは？」

「いるよ。そばにいると火傷《やけど》しそうな赤いスーツで」

沙代子が笑って、

「いいじゃない。元映画スターだもん、仕方ないよ」

「それにしたって……」

「ひとみがお母さんと一緒に見舞ってくれたら、うちのお父さん、いっぺんで元気になりそう」

――確かに。沙代子のお父さんは、若いころ、母、浅倉しのぶのファンだったそうで、私は沙代子の家へ遊びに行ったとき、母のブロマイドを見せられ、冷汗をかいたことがある。

「そんなことで役に立つなら引張ってくよ」

と、私は言った。

そこへ、水色の爽やかなスーツに身を包んだ、沙代子のお母さんが階段を下りて来て、

「あ、ひとみちゃん」

「今日は」

と、私は頭を下げた。

「今、お父さんのこと、話してたの」

沙代子がそう言うと、母親の本間美沙の顔に、一瞬不愉快そうな表情が浮んだ。

「ご心配かけちゃいけないわよ」

と、すぐにいつもの笑顔に戻り、「今、お母様をお見かけしたわ」

「そうですか」

「お忙しそうね。ロビーで携帯電話を使ってらしたから、声はおかけしなかったけど」

母が携帯電話を？　――持っていることさえ知らなかった私がびっくりしていると、

「さ、お教室へ行きましょ」

と、沙代子のお母さんは娘を促した。

「うん。――ひとみ、またね」

「電話して。いつでもいいから」

と、私は言って、本間母娘の後ろ姿を見送った。

沙代子は一番の親友だが、今はクラスが違う。――私は、段々空《す》いて来てしまう講堂前で、母が戻ってくるのを苛々《いらいら》しながら待っていた。

「――お母さん！」

と、母がのんびり階段を下りてくるのを見て、手を振り、「早くしてよ！」

「そうせかさないで！　――転んだら、けがするでしょ」

母はやっと下りて来ると、「さ、行きましょう」

「急がないと、みんな教室へ入ってるよ」

どっちかといえばせっかちで、約束の時間に遅れたりするのが大嫌いな私と、「人を待たせるのは自分の特権」くらいに思っている母、浅倉しのぶ。

一体、私って本当にこの人の娘なの？　――小さいころから、私は何度そう自問したことか。

「――お母さん、いつ携帯、買ったの？」

教室へ急ぎながら、私は言った。

「本間さんが言ったのね」

と、母は顔をしかめて、「あの人、私の話を立ち聞きしてたのよ」

「私、そんなこと——」

「沙代子ちゃんはいい子なのにね。あのお母さんは、好きになれないわ」

答えを聞くのは諦《あきら》めて、足どりを速める。

でも、確かに本間美沙《みさ》が母の経歴に眉《まゆ》をひそめているのは事実で、私は本間家に遊びに行ったときなど、どこか冷やかな視線で見られたことを憶えている。

本間家の大邸宅は、うちのちっちゃなマンションと大違いの、風格のある屋敷で、そういう所では「元芸能人」という肩書が、うさんくさく見られるのも仕方ないことだった……。


危うく、「欠席」扱いされるところだった。

「浅倉さん——。浅倉ひとみさん」

と、担任教師が私の名を呼んでいるところへ、私と母は入って行ったのである。

「はい！」

と、私は母の手を引張って、「遅くなりました」

普通、これは親のセリフだろう。

「じゃ、こちらへ」

担任の谷中《やなか》ミネ子先生が手招きする。

教室は、席についている生徒たちと、後ろの空間を埋めて立っている母親たちで一杯になっている。その目の前で面接するわけにいかないので、谷中先生は向い側にある小さな応接室を使うことにしていた。

ひと言付け加えておくと、教室には母親だけでなく、父親も何人か来ていた。どうしても母親の都合が悪いとか、病気という人もあったろうが、大方は離婚して父親が娘を引き取っている家だった。

そういう家庭は、今どき珍しくない。特にK女子高校のような私立校は、却《かえ》ってそういう問題を抱えた家庭の子が多かった。

それを言えば――まあ、自慢じゃないが、うちほど「変った」家庭は、K女子高校でも他に例がなかったろう。

「どうぞ、おかけになって」

担任の谷中ミネ子は三十代の後半。三十七、八というところだろう。

いかにも女子校で喜ばれそうな、物静かで上品な先生である。特に今日はきちんとしたスーツ姿で、いつも以上にきりりとして映る。

「よろしくお願いします」

　さすがに、母もそう言って頭を下げた。

「さあ、どうぞ」

　大勢の生徒たちが待っている。私は「浅倉」で〈あ〉なので順番が早いのだ。

　谷中ミネ子先生はファイルを開けて、

「ひとみさんは、入学のときの志望調査で歴史研究へ進みたいと書いていましたね」

と言った。

　そうでしたっけ？　――とは言うわけにいかず、

「はい」

「今はどう？　高二の秋ですから、もう受験先を決めなくてはならないけど」

「あの……歴史は好きです。でも、今は広く文科系の勉強をしてから、興味の持てるものを選びたいと思っています」

　要するに、「受かれば、どこでもいいです」という、最も一般的な答えなのである。

　本間沙代子のように、はっきり理系に目標を絞り、

「将来はエンジニアになりたい」

と言う優等生はともかく、これといって取り柄のない私のような生徒は、ともかく「受かる大学」を選ぶしかない。

「じゃ、今は特にやりたいことが見付からない、ということね？」

谷中先生に念を押されると、何だかとても悪いことをしているような気になって、

「でも、私、大学へ遊びに行きたいとは思いません。行って、真剣に自分の行く道を捜したいんです。ただ——今は、どれと決められないんです」

と、少しむきになって言った。

谷中先生は、おっとりとしたいつもの笑顔で肯《うなず》くと、

「よく分ってるわ。人は、三十、四十になって、やっと自分のしたいことを見付けることもあるのよ。焦ることないわ」

「はい」

私は少しホッとした。

「あなたが真剣に生きていることは、よく分ってるつもりよ」

そう言われると、少し照れる。——谷中先生は母の方へ、

「で、お母様はどうお考えでしょうか？」

と問いかけたのだが——。

隣に並んで座っていた母は、心ここにあらずで、先生の問いもまるで聞いていない。

「お母さん！」

と、私が耳もとで言ってやると、初めてハッとして、

「あ……。失礼しました。ちょっと……疲れてまして」

疲れてる、もないもんだ。私は顔から火が出るほど恥ずかしかったが、谷中先生は至って真顔で、

「お疲れでしょうね。お店をやられているんですから」

と、同情してくれて、「それで、ひとみさんの受験のことなんですけど――」

と言いかけると、突然、母は立ち上った。

どうしたのかと私もびっくりしていると、

「先生、申しわけありません。どうしても行かなきゃいけない用事がありまして。受験のことは、この子本人が決めればいいと思ってますんで、よろしくお願いします」

一気に、まくし立てるように言うと、母は急いで応接室から出ていってしまったのだ。

――私は呆然《ぼうぜん》としていたが、やっと我に返って、

「お母さん！」

と、廊下へ飛び出してみると、もう母の姿は見えなくなっていたのだった……。

2　衝撃

つい、ここへ来てしまう。

ドアを開けると、埃《ほこり》っぽい匂《にお》いがして、それに香水だの化粧水だの、女の子が使う色んなものの匂いが混っている。

人は年々入れ替っていくのに、部屋の匂いはいつも同じだ。どうしてだろう。

私は、ガラクタで足の踏み場もない間を何とかすり抜けて、奥の古ぼけたソファに腰をおろした。――ほとんどクッションのきかなくなったソファだが、それがまた安心感を与えてくれるのだ。

――今日は、〈受験ガイダンスと面接〉の日なので部活はない。そうでなければ、今ごろは秋の文化祭を控えて大変な時期だ。

家へ帰らなきゃ。――そう思いつつ、帰ったところで母はいないし、と思い直す。

もう、すっかり窓の外は薄暗くなっていた。

すると――ドアをノックして、

「誰かいますか？」

と、声がした。

「洋子《ようこ》ちゃん？」

と、私が声をかけると、ドアが開き、

「あ、ひとみさん。明りが点《つ》いてて、びっくりした」

一年生の滝田《たきた》洋子が、ニッコリ笑って入って来た。

小柄で丸顔。美人というわけじゃないが、可愛い。一人っ子の私には、洋子は妹みたいな気がする。

「何してるんですか？」

「考えごと」

「何かあったんですか」

「何を考えようか、って考えてるの」

洋子は笑って、

「ひとみさん、すぐそうやってごまかす」

と、机の端にちょこんと腰をかける。

「後輩に悩みごとの相談するなんて、情ないじゃない」

と、私は言った。「洋子ちゃん、何してたの？」

「台本、憶えてたんです、屋上で。でも、声出してやってたから、先生に見付かって、叱《しか》られちゃった」

と、ペロリと舌を出す。

そういう仕草が、わざとらしくなくて、本当に可愛いのだ。

「――ひとみさん、本当にやめるんですか、演劇部？」

と、洋子が真顔で言った。

「やめるって……。どうせ二年の文化祭がすめば、もう引退よ」

「文化祭の劇に、どうして出ないんですか？」

「私の似合う役じゃないもの」

「そんな……。ひとみさん、ぴったりですよ」

「ありがと」

と、私は微笑《ほほえ》んだ。「でも、もう別の子で選んでるの。迷わせないで」

「つまんないなあ、ひとみさんと共演したかったのに」

と、洋子が言うのは、お世辞ではない。

高校の演劇部なんかに、妙な駆け引きはない。それこそ、貴重な財産なのだ。

「私、成績悪いし。――今日も先生と話して、志望大学、入ろうと思ったら、よっぽど頑張らないと、って言われちゃった」

——浅倉しのぶの娘。

その私が演劇部へ入ること自体、間違っていたのかもしれない。先輩も、先生も、「あの浅倉しのぶの娘」と、私のことを見ていた。

そう。——実際、母はかつて大スターだったのである。

私が演劇部へ入るのに、母を通していくらかは「演技」というものへの関心が芽生えていなかったわけではない。しかし、「スター扱い」は、全く私の本意じゃなかった。

私はむしろ、小道具や照明をやってみたかったのだ。裏方の仕事にこそ関心があったのである。

でも、一年生のときから、私は準主役級の役を当てられ、賞《ほ》められた。セリフの憶えも早く、台本を読むと、舞台での動きが目に浮んだ。

「血は争えないわね」

何人もの人にそう言われて、私はいや気がさしたのだ。

二年生の秋。——十一月の文化祭で上演される劇、「幽霊」では、私は初めから「参加できない」と先手を打っていた。

母は——たぶん、娘の舞台を楽しみにしているだろう。私は、母に「出ない」とは言っていない。

母への意地悪？　そうかもしれない。

でも、それは私が母のおかげで味わった苦い思いの百分の一にもならない……。

「――あ、〈追い出し〉ですよ」

と、洋子が言った。

学校内に、〈煙が目にしみる〉の曲が流れる。生徒は全員帰宅すること、という合図だ。

「行こうか」

私は立ち上って伸びをした。

――鞄《かばん》をさげて、私と洋子は演劇部の部室を出た。

校門へと木々の間を歩いて行く。

K女子高校は、都心からそう遠いわけではないけれど、敷地が広く、木立や花に恵まれている。

「――何だ、浅倉か」

途中の校舎から、受験担当の西尾先生が出て来た。「何してたんだ、今まで」

「ちょっと、相談ごとがあったんです」

と、洋子の方が答えてくれた。

「そうか。――浅倉の方が相談したいんじゃないのか」

と、西尾が笑った。

「何のことですか」

と、私は言った。

「お前の母さんが、面接の途中で帰っちまったって？」

私は言い返したいのをこらえて、

「さよなら」

とだけ言って、足早に校門へ向った。

「――ひとみさん！」

洋子が追いかけて来て、「大丈夫ですか？」

「うん。――平気。それに本当のことだし」

涙がこみ上げて来て、言葉が途切れた。

情なかった。同時に、西尾などからからかわれると、つい母をかばってしまう自分が哀れな気がした……。

「いやな奴！」

と、洋子の方が怒っている。「あんなの、放っとけばいいんですよ」

「うん。分ってる。ごめんね、気をつかわせて」

「ひとみさん、いつもそうやって謝る。後輩にはいばってりゃいいんですよ。謝ることなんかないです」

洋子の言葉は、傷口へしみ入る消毒薬みたいで、少し痛いが、よく効いた。いい後輩はありがたい。

私たちは、もう街灯の灯《とも》った道を駅へ向って歩いて行った。

「でも——」

と、洋子が唐突に、「私、ひとみさんのお母さん、好きだな」

私がちょっと面食らって見ると、

「自然で、自由で。——言いたいこと言って、したいことして。なかなかできませんよ、みんな」

「自然で自由、か」

と、苦笑して、「母には、それしかできないのよ」

「でも、どうして映画俳優、辞めちゃったんでしょうね」

「さあ……。私も訊かないし、母も話さない。たぶん——もう自分の出るような映画はないと思ったんじゃないの」

「今でもきれいなのに。——また出ればいいんですよ！　すてきですよ、きっと」

「母が聞いたら喜ぶわ、きっと」

と、私は言った。

私と洋子の間には決して口に出さないことが「暗黙の了解」として、存在していた。

それは、他ならぬ「私自身」のことである。

母、浅倉しのぶが、その人気の絶頂で突然引退したのが二十七歳の若さ。そして引退から七カ月後に私は生れた。

父親はいない。——いや、誰かもちろんいたはずだが、私は知らない。

母は「浅倉」の姓のまま、私を産み、育てたのである。

そのことで、私は母を恨んだりしていない。私もそこまで身勝手ではない。むしろ、母の勇気と決心に感謝さえして来た。

でも——それと母個人の性格とはまた別である。十四、五歳から映画界のスターになり、およそ普通の少女時代を知らずに過した母がとびきりの「世間知らず」であることは、ある程度やむをえないだろう。

でも、そう分っていても、毎日一緒に暮している身にとっては、くたびれる同居人であることには違いないのである。

——滝田洋子とは電車が反対方向で、改札口を入ると、

「それじゃ」

と、私は微笑んだ。

「失礼します」

本当にしつけのいい洋子は、きちんと頭を下げて、「——ひとみさん」

私は振り向いた。私は「先輩」と呼ばれるのが嫌いで、一年生には「さん」づけで呼ん

でくれと頼んである。

「お母さんに、やさしくしてあげて下さいね」

と、もう行きかけて少し離れた洋子は、大きな声で言った。「お母さんの方が、子供みたいな方なんですから！」

私は、何だか胸をつかれたようにハッとして……。

そんなこと、言われなくても頭では分っているつもりだった。それなのに……。

私はつい、「当り前の母親」を求めているのかもしれなかった。

「お母さん……」

と、私は呟《つぶや》いて、それからホームへの階段を上って行った。


確か、ここだ。

——初めて見る母の「職場」は、何だかいやに寂しかった。

都心のホテルの地階にある、ショッピングアーケード。その一軒が、母の経営するアクセサリーの店、〈S・A〉である。

自分の名前の頭文字を取って〈S・A〉なんて、いかにも考えることの苦手な母らしい命名である。

母は女優時代に貯《た》めたお金で、ここの店の一軒を借り、商売を始めたのだった。

　およそ、客にお世辞一つ言えるわけのない母に――言われるのは慣れているだろうが――よく店なんかやれると思うのだが、そこは〈浅倉しのぶ〉の店として、かつての女優仲間や関係者、ファンなどがいいお客になってくれているらしい。

　私は、ここへ来るのは初めてだった。

　大体、こんな都心のホテルに、女子高生が足を踏み入れる用事などない。

　ただ――今日は、別れ際の滝田洋子のひと言が何となく胸の中にくすぶって、ふとやって来る気になったのである。

　もちろん、ブレザーの制服姿で鞄をさげた女学生は、こんな場所に似合わないが、しかし、そんなことは気にする必要もなかった。

　アーケードは、ガランとして、通る人の姿もなかったのだ。

　私は、案内図を見て、母の店を捜した。そして戸惑った。

　何度見直しても、〈S・A〉という店はない。――ここじゃないのだろうか？

　私は、絨毯《じゅうたん》を敷き詰めたそのアーケードを歩いて行った。

　ブティック、スーベニアショップ、時計、人形……。

　小さく区切られた店は、どこももう閉っている。夜、七時を回っているから、こうなのかもしれない。

　開いているのは、雑誌や薬、文房具を売っているドラッグ・ストアだけ。レジで、メガネをかけたおばさんが退屈そうに週刊誌を見ていた。

私はアーケードの一番奥まで歩いて、結局空《むな》しく戻ってくることになった。

「——すみません」

と、ドラッグ・ストアのおばさんに声をかける。「〈S・A〉ってお店、知りませんか？」

「エス……？」

と、額にしわを寄せる。

「あの——浅倉しのぶって人のやってる、アクセサリーの店なんですけど」

母の名を口にするのは、いつも照れる。

「ああ、あの元スターだった人のお店ね？」

と、おばさんはすぐに肯いて言った。

「あのお店はね、もうないわよ」

「ない、って……。どこかへ移ったんですか？」

「潰《つぶ》れたのよ」

——私は、ショックを受けるより前に、ただ唖然《あぜん》としてしまった。

「あんた、ファン？」

ちょっと考えれば、そんなわけがないことぐらい、分りそうなものだが。

「ええ……。父がファンで。ちょっとプレゼントを、そのお店で買おうと思って」

出まかせがスラスラ出るのは、母譲りか。

「あら、そう、残念ね。何しろこの不景気でしょ。三カ月くらい前かしら。閉めちゃったの。今は、お花屋さんが入ってるわよ」

「そうですか……」

「まあ、開けていたときも、ほとんどお客なんかいなくてね。年中、〈外出中〉って札がかかってたわ」

「それって——売れてなかったってことですか?」

「そうよ。何てったって、スターですもの。本気でやってなかったんじゃない?」

おしゃべり好きらしい。そのおばさんは退屈しのぎにと思ったのか、よく舌が回った。

「でも——十何年かやってたんですよね」

「そうそう。もちろん、あんた、それはパトロンがついてたから」

「パトロン……」

「あんな美人だもん。いくらでも金出す男はいるわよ。私も何人か見たけど、政治家だったり、有名な社長さんだったりね。でも、今はそういう人もなかなか見付からないんでしょ」

私は、ようやく顔から血の気がひいていくのを感じた。

「どうも。――お邪魔しました」

何も買わずに帰るのが申しわけない気分だった！

自分ではよく分っていなかったが、相当に動揺していたのだろう。気が付くと、ホテルのロビーで、ソファにぼんやりと腰かけていた。

――寒気がするほど、体は冷えているのに、こめかみには汗が伝い落ちて行った。

パトロン。――政治家。社長。金を出す男たち。

その金が何の見返りなのか、私も子供じゃない。分っている。

母が――。そんなことで稼いでいたなんて！

しかも、私自身、そのお金で食べ、学校へ行っていた。十何年もの間、何も知らずに。

何も知らずに……。

母に、商売などできるかどうか、考えてみれば分りそうなものなのに、私は疑わなかった。

馬鹿だ。――私は馬鹿だ。

膝の上の鞄が音をたてるほど、力をこめて握った。

「――週末はだめなのよ」

と、明るい声がロビーに響いた。「言ったでしょ。娘が受験の用意に入るの」

「一日ぐらいいいだろう。もう小さな子供じゃない」

「子供じゃないからだめなの！」

ゆっくり、声の方を振り向くと、エレベーターから出て来た母と、ルームキーをブラブラさせている五十がらみの男が目に入った。

「一人で出張なんて、滅多にないんだ。大阪なんて、新幹線でほんの二時間だぜ。——おい、どうした？」

母が、凍りついたように立ちすくんで、私を見ていた。

私は立ち上ると、ホテルの正面玄関へと駆け出した。

「——ひとみ！」

母が呼んだが、私はそのまま外へ飛び出した。

「待って！　——ひとみ！」

母の声は、私の耳もとに唸《うな》る風の音の中へ消えて行った。

私は、夜の町を、ただひたすら、走り続けた……。

3　眠り姫

タン、タン、タン……

タンバリンでリズムを取っているような、そんな音だった。

――何だろう？

私は顔を上げて、そして初めて、低く囁《ささや》くように、サーッという音が辺り一帯を包んでいることに気付いた。

――雨？

昼間の青空からは想像もしなかった。夜になって、急に曇って来たのだろうか。

ひんやりとした空気が、足下へ流れ込んで来て、ふと身震いした。

「どうでもいいや」

と呟く。

どうせ帰れないのだ。いや、「帰らない」のだ。

雨になろうと、雪になろうと、構うものか。

――私は、地下鉄へ続く地下通路の一角にいた。

もう、夜十一時を過ぎて、通路も閉ざされ、明りも消えて、ただ非常灯だけでぼんやりと中の様子が分る。

私は、地下通路からどこかのビルへ入る入口の、引込んだ所に隠れて、巡回するガードマンをやり過した。そして、階段に腰をおろして、立て膝を抱えるようにしてわきの壁にもたれかかっていた。

決して座り心地がいいわけではない。お尻《しり》も肩も冷えて痛い。でも、長いことこうしてじっとしていると、動く気力がなくなってくるのだ。

動いて、今より良くなるという保証がないのなら、じっとしていよう、と……。

それは、まるで今までの私と母の暮しのようだったかもしれない。

母は男を作り、援助してもらって私を育てたのだ。母には、「子供のため」という大義名分があった。

その母の「稼ぎ」からおこづかいをもらい、食べさせてもらって、洋服も、CDも買ってもらっていた私には、何の理屈もなかった。

いっそ、母が私に、「働いてくれ」と頼んでくれていたら、私は中学を出ただけでも、喜んで働いたろう。自分の稼ぎで母を養うことさえできたかもしれない。

でも現実には――私は私立の高校へ通い、大学を受けようとしている。その月謝も、入学金も、母が体で稼いだお金なのだ。

私は惨めで、自分が憎かった。母を憎んでどうなるものでもない。ただ、正面切って、問いかけたかった。

そんなことをしなければ育てられないなら、なぜ私を産んだのか、と。

十七になって、こんなことを言い出すのは無意味だろうか?

答えようのない質問をするのは、母に対して不公平というものかもしれない。

冷静にものを考えられる状態じゃなかった。――ともかく、今は母と会いたくなかったのだ。

といって、どこへ行けるだろう?

お腹も空いていた。――こんなときなのに! 腹を立てても、十七歳の胃袋は苦情を申し立てている。

「今は我慢しな」

と言ってやると、タイミング良くグーッとお腹が鳴る。

私はつい笑ってしまった。

そして――何だかそんなに「眠い」という気分じゃなかったのに、私はストンと穴に落ちるように眠り込んでいたのである。

「死ね！」

――何だか、その声はそんな風に聞こえたのである。

男の声にしてはいやに甲高いと思ったら、続けて、

「あんたなんか、死ねばいいのよ！」

あ、女の人だったんだ、と私は思った。

でも――呑気《のんき》に聞き耳を立ててる場合じゃない！

でも――こんな地下通路で誰が大ゲンカしてるんだろ？

「殺してやる！」

と、また女の人が叫んで、私はやっと目が覚めた。

大変だ！――誰かが人を殺そうとしてる！

「おい、待て！　そんなこと――僕のせいじゃない！」

男の声。――どうやら、女の方が怒って男を殺そうとしてるらしい。

私は目をこすって、ブルブルッと頭を振ると――。

あれ？　ここって……。

私は、びっくりして左右へ目をやった。確か地下鉄の駅へつながる地下通路で眠ったと思ったのに……。

そこは妙な所だった。

目の前には、林と空があった。それも本物じゃない。絵だ。板に描いた林と青空である。

そして私がもたれかかっているのは……。

「助けてくれ！」

男が叫んだ。

そうだ。人殺しの方が先決だ。

立ち上ると――私がもたれていた壁の、すぐ頭の上に窓があって、そこから声が聞こえていたのだと分った。

「おい！　よせ！　やめろってば！」

男が、窓の所へ追いつめられているらしい。

私は立ち上ったまま、爪先《つまさき》立ちして、窓から中を覗《のぞ》き込んだ。――窓を背に立っている男のわきから顔を出すと、正面に拳銃を構えた、ネグリジェ姿の女性がこっちを向いて立っている。

私は、そのネグリジェが真赤で、いやに透けて見えていることになぜだか気をとられていた。すると、その女が窓の外の私に気付いたのだ。

目が合った、と思うと――。

「キャーッ！」

と悲鳴を上げたのは、ネグリジェの女の方だった。

「カット！」

と、怒ったような別の男の声がした。

「何やってんだ！　お前が悲鳴上げてどうするんだよ！」

「誰かいるのよ！　窓の外に！」

と、ネグリジェの女が訴える。

「誰もいるわけないじゃないか」

「いたのよ！　窓の外からヌーッとお化けみたいな顔が――」

失礼ね！　どこが「お化け」だ！

私はわけも分らないまま、その言いぐさに腹を立てていたが――。

「おい！　何してるんだ。そんな所で！」

と、ジャンパー姿の若い男が私を見付けて怒鳴った。

「おい、誰かいたのか！」

「はい！　女の子です！　――出て来い！」

私は別に逃げることもないので、ノコノコと出て行った。

「しょうがないな！」

と、椅子に腰をおろして、ハンチングをかぶった中年の男が顔をしかめて、「誰かのファンか！　潜り込んでたんだな」

私は何も言わなかった。

「よくセットを見とけ」

と叱られているのは、私を引張り出した若い男で、

「すみません！」

と、頭を下げている。

「よし、もう一回行こう」

「待ってよ。――私、調子狂っちゃった」

と言ったのは赤いネグリジェの女。「せっかく気分が乗ってたのに！　――ね、もうお昼にしてよ。午後から気分変えてやりましょ」

「しょうがないな！　――よし、昼食！」

一斉に、周囲から人が出てくる。

――もちろん私にもここがどこか分っていた。

いや、どうしてここで眠っていたのかは分らなかったが、ここが映画のスタジオで、大きなカメラの横で苦虫をかみ潰したような顔をしているのが監督、そして私はスタジオ内に作られた洋室のセットの外側で眠っていたのだ。

ガラガラと重い扉が開くと、明るい日射《ひざ》しがスタジオの中へ一杯に溢《あふ》れる。

「――おい、宮崎！　その子をちゃんと送り出しとけよ！」

「はい、監督！」

宮崎と呼ばれたのが、私の腕をしっかりと捕まえていて、

「あなた、助監督さん？」

と、私は訊いた。

「そうだよ。——君ね、ここは遊園地じゃないんだ。大体学校はどうしたんだ？　さぼって来たんだな？　おうちで心配するぞ」

私は、初めて自分の服装を見下ろした。

何と私は時代劇のお姫様の格好——なんかしていなかった。着ているものはそのまま、ブレザーの制服姿である。

「あ、鞄」

「鞄？　持ってなかったぞ」

「でも……。もしかすると、落ちてるかも」

「よし、じゃ一緒に捜してやる」

宮崎という人、二十四、五だろうか、髪がボサボサで、どうにも清潔とは言い難かったが、しかしなかなか親切そうではあった。

——私が居眠りしていた、セットの壁と外景の書割りの隙間《すきま》には鞄はなかった。

「——ないわ。どうしよう」

「仕方ないだろ。──もし、後で出て来たら、連絡してやるよ」

と、宮崎は言った。

「ありがとう。やさしいのね」

「どうせ助監督なんて雑用係さ」

と、肩をすくめる。

「お母さんもそう言ってたわ」

「え?」

「いえ、何でもない!」

と言うなり──私のお腹がグーッと鳴った。

これって夢? 私はあまりにも空腹の実感があるのに戸惑っていた。

「何だ、腹減ってるのか」

宮崎が笑って、「じゃ、どうせ昼だ。食堂でカレーでも食ってくか」

「うん、食う!」

と、私はつい真似《まね》していた。

カレーの匂いが、目に見えるかと思われた。

「──ね」

と、私は言った。「今日はカレーの安い日か何かなの？」

「どうして？」

宮崎は、私がカレーライスを三分の一ほど食べる間に、もうほとんど皿を空にしている。

撮影所の中の食堂は、カレー以外のメニューも一応あるらしかったが、見渡す限り、カレー以外のものを注文している人はいなかったのである。

「だって、みんなカレー食べてる」

と、私が言うと、宮崎は笑って、

「早くできて、早く食えて、お腹がもつ。カレーが一番なのさ」

「でも――毎日じゃ飽きるでしょ？」

「いや、毎日だよ」

「へえ……」

華やかに見える世界も、内情はこんなものか。

確かに、見ていると早い早い。――注文して出てくるまで一分。食べるのに二、三分。ガブッと水を飲んで、結局五分足らずで食堂を出て行く人も少なくない。

「みんな、あんなにあわてて食べて、何してるの？」

「午後の撮影の準備さ。午後、監督が戻ったら、そこでもう、カメラも照明も全部用意がすんでないといけないわけだからね。一分でも早く現場へ戻ろうとするんだ」

「へえ……」

昼休みは一時間しっかり取る、なんてことはしないらしい。

「僕も、今日は君に付合ってるから、こうしてのんびりしてるんだ。いつもなら、三分で食べ終えてる。――あ、いいよ、あわてて食べなくても」

私だって、精一杯早く食べていたのだ！

「――君、ところで誰に会いたくて、あんな所に隠れてたんだ？」

と、宮崎に訊かれて、私は困った。

まさか、「これ、夢なんですよ」とも言えないではないか！

答えに困っていると、食堂へ入って来た誰かを見て、宮崎がパッと立ち上ったので、私はびっくりした。

「やあ、徹ちゃんか」

と、よく通る声。「ここで仕事かい？」

「はい、刑事物のシリーズを」

と、宮崎が直立不動で答える。「監督は今日から――」

「うん。ロケが降られてね。まだ半分残ってる」

私が振り向くと――人を圧倒するような大柄な男が立っていた。厚い胸板、がっしりした肩。

サングラスをかけた目が、私を見下ろして、

「この子、誰？」

「あ、これは別に……。あの――見学者です」

と、宮崎がとっさに答えて、「おい、永原謙二《ながはらけんじ》監督だ！」

「はあ……」

悪いけど、監督の名前なんて知らないのである。でも、とりあえず、宮崎の様子からして、「偉い人」らしいのだ。

「初めまして」

と、立ち上って頭を下げた。

「うん……」

五十歳ぐらいだろうか、黒ずくめの格好にサングラス。髪は大分白くなっていたが、どこか「風格」というべきものを感じさせる男だった。

「まあ、かけなさい」

と、その「大監督」は私の前に座ると、「高校生？」

「はい、二年生です」

「十七？――若いねえ、いいなあ、若いってことは」

と、笑った。

「監督、何か召し上りますか」

「いや、僕はコーヒーだけ」

「はい！　コーヒー一つ！」

宮崎がウエイターと化している。

私は、もちろん撮影所という所へ立ち入ったのは初めてだ。けれども、そこは何となく妙に懐しい気持にさせられる場所だった。

やはり母の記憶というのを、どこかで受け継いでいるのだろうか。

「——もしもし！　——あ、どうも！」

食堂の入口のわきに公衆電話があって、誰かがかけていた。私はチラッとそれを見て、目を見開いた。

今どき、十円玉しか使えない公衆電話？　こういう世界の人たちは、携帯電話くらいみんな持っていると思っていた。

「——ありがとう」

永原監督は、苦そうなコーヒーを一口だけすすって、「徹ちゃんの知り合い？」

と、私へ訊いた。

「あ……いえ。そういうわけでも……」

と、口ごもる。

食堂へ息を切らして飛び込んで来たのは、やはり助監督らしい。

「監督！」

と、永原へ、「今、みえました」

「何だ、そうか」

永原は立ち上り、「じゃ、徹ちゃん、またね」

「失礼します！」

宮崎が深々と頭を下げる。

永原は食堂から出て行こうとして、ふと振り向くと、

「――君、ちょっと見物していくかい？」

その言葉は私に向って言われたのだった……。

4　スター

永原謙二がよほど偉い監督らしいということは、食堂を出て、撮影所の中を歩いて行くだけでよく分った。

すれ違う人、みんながほとんど敬礼でもせんばかりに、

「おはようございます！」

「ごぶさたしております！」

と、挨拶《あいさつ》する。

永原の方は、ただちょっと困ったような笑みを浮かべて小さく肯《うなず》いて見せるだけ。おかげで、永原について歩いている私まで、みんなに挨拶されてしまって戸惑った。

白い、大きな建物に数字がついていて、どれもがスタジオなのだろう。今本番中を示す赤ランプが点《つ》いているものもあったし、大きな正面の扉を開けて、中で忙しく動き回っているスタジオもある。

「――うるさいね」

と、人があまりすれ違わなくなると、永原がちょっと苦笑して言った。

「いえ……」

「巨匠だ何だと言ってくれても、映画の出来は監督一人の責任だ。叩《たた》かれるときは誰もかばっちゃくれないよ」

そう言う永原の口調は、苦いものに満ちていた。

私も、映画界全体が沈没しかかっている、と母からくり返し聞かされている。その責任を監督一人へ負わせてすむとは、誰も思わないだろう。

私はこの「巨匠」が、傷つきやすい人なのだ、と感じた。

――スタジオの前に、女性が一人立っていた。

永原の姿を見ると、両手を前に揃《そろ》えて、頭を下げる。――そして、永原が目の前に立つまで、頭を上げなかった。

「彼女は？」

と、永原が訊《き》く。

「申しわけありません。私がついていながら……」

三十代の半ばくらいか。化粧っ気のない、地味な人だった。服装も、力仕事でもするような作業服みたいなものをはおっている。

「君のせいじゃないさ」

と、永原は首を振って、「昔からスターは気紛れと相場が決っている。あの子も、色々いやなことがたまってるんだろう」

「スタッフの皆さんに申しわけなくて……。本人も分ってるんですけど、素直に謝る人じゃないので」

「うん」

と、永原は肯いた。「それで今――」

「メークしています。五、六分ですむはずですが」

「そうか。良かった。もう昼休みにしちまおうかと思ってたところだ。――昼前に、ワンカットだけでもやっとくと、後が楽だからね」

「本当にすみません」

――どうやら、この地味な女性はスターの「付き人」らしい。そして、その「スター」が遅刻したか、「行きたくない」とごねたかで、この永原とスタッフが大分待たされた様子である。

フィルムに映る明るい風景の裏側は、色んな人間ドラマで一杯なのだ、と私は思った……。

「中へ入ろう」

永原は私を促して、スタジオの中へ入って行った。

——私は一歩入って息を呑《の》んだ。

そこには、豪華としか言いようのない大広間が、まぶしいシャンデリアの光にポッカリと浮かび上り、どっしりしたソファや机の傍に、絹のガウンや部屋着姿の男女が数人退屈そうに立っていた。

「監督、回しますか」

カメラのそばの、ジャンパー姿の年輩の男が言った。

「うん。ワンカットだけでもやっとこう」

永原は肯いて、「山根《やまね》君は、午後、仕事があるんだろ?」

「遠いんですよ、イベントの会場」

と、セットの中の女性が言った。「お昼抜きで飛んでかなきゃ」

「じゃ、このシーンだけでもやっておこう。後は、多田《ただ》君とのからみだろ。山根君は後ろ姿だから、吹き替えで撮れる」

「はい。——じゃ、ライト!」

充分に明るいと思っていたセットが、一段とまぶしいほどの光に照らされた。

「おい、汗を」

ガウンを着てソファに座っていた男優が、大きな声で言った。「ガウン着てると暑くて汗が出る」

スタッフが飛んで行って、布で汗を叩くようにして取る。

私は、緊張感の中に呑み込まれそうで、身動きせずに突っ立っていた。

「君、おいで」

永原が手招きした。「カメラ、覗《のぞ》いたことあるかい?」

「いいえ」

「笹田《ささだ》君だ。もうカメラマン四十年のベテランだよ」

と、年輩の男の肩を叩く。

「監督、この子、新人ですか?」

「いや、ちょっとした知り合いの子だ」

永原は私をカメラの所へ連れて行くと、

「覗いてごらん」

と、促した。

私はファインダーに右目を当てた。——意外に暗い画面に、目の前のセットが幻のように見えている。

「どうだい?」

「何だか……幻影を見てるみたい」

と、私は言った。

「その通り。幻影さ。役者の笑顔も、涙もね。――幻だから夢が語れるんだ」

永原は微笑《ほほえ》んだ。

そのとき――スタジオの中が奇妙に静かになった。

セットの真中に、一人の女性が進み出た。

「――お姫様のお着き」

と、そばの誰かが小さく呟《つぶや》くのが、私の耳に入った。

大学生風のセーターとスカートというその女性は、ライトを浴びている以上に、明るく見えた。

「スター」だ。

そして、散々スタッフや他の役者を待たせたのは分っているはずだったが、大きく息をつくと、よく通る声で、

「さ、もう準備はいいの？」

と言った。

「とっくにね」

と、山根君と呼ばれた女優が皮肉っぽく言った。

多田というガウン姿の男優は、ポーカーフェイスで、

「早くやろう。セリフが暑さで蒸発しちゃうよ」

と言った。

永原がポンと大きな音で手を打つと、

「よし！　じゃリハーサル一回ですぐ本番！」

と、スタジオ内に響き渡る声で言った。

でも私は——またさっきまでとは違う空間へ吸い込まれていくような気がした。

「はい、しのぶ君はドアを開けて入って来て、真直ぐ多田君の前に出る。山根君はピアノの前で、しのぶ君の動きを目で追う。いいね？」

と、永原が動きをつけている様子も、遠い出来事のようだった。

「私、怒ったように歩いて来ればいいんですか？」

と、永原に訊いている若いスター……。

それは明るいライトの下、一回りも二回りも細く、そして肌はつややかで若々しく、確かに二十代の若い女性ではあったが、しかし間違いなく「浅倉しのぶ」——つまり、私の母だったのである。


「カット！」

永原の鋭い声が飛ぶ。——一瞬、時間が止った。

役者の動きを止め、スタッフも息をつめて永原の続く言葉を待つ。

張りつめた空気は、永原の、

「OK」

というひと言で一気に緩んだ。

「じゃ、この後は二時からです！」

と、誰かが叫んでいる。

「——急いで行かなきゃ」

山根弓子《ゆみこ》がわざと大きな声で言った。

「もう間に合わないかもしれないわ」

「ご苦労さん」

永原が声をかける。「山根君、いい表情だったよ」

「どうも」

ほめられて、いくらか機嫌を直したようだが、遅れて来た「スター」の方をチラッとにらむことは忘れなかった。

「——じゃ、失礼します」

山根弓子は、ちょっと会釈して、自分の付き人と一緒にセットから姿を消す。

「暑い暑い！」

ライトはもう落ちていたが、それでもスタジオの中は汗ばむ暑さ。——多田竜ノ介《りゅうのすけ》は、ガウンを脱いでスタッフへ渡すと、思い切り伸びをした。

「監督、今、しのぶ君がよろけたのは、いいんですか？」

ベテランの風格を感じさせる多田は、永原に訊いた。

「うん。偶然だが、却《かえ》って良かった。続けてくれて良かったよ」

「そうですか。ホッとしたな。——この子は？」

と、私を見る。

ブレザーの制服姿の私は、確かに目立っていただろう。誰も永原に気安く訊けずにいたのだ。

「いや、ちょっとね……」

永原は私の方を見て、「君——名前、何ていうんだ？」

「あ……。あの、浅——」

と言いかけて、「浅野ひとみです」

「〈朝の瞳〉か。いい芸名だ」

と、多田が笑った。「この子が『幸子』ですか」

「うん？——ま、ちょっとそんなことも考えてね。連れて来てみた」

私は、二人の話をよく聞いていなかった。

ともかく、今の状況を何度も自分の中で確かめなければならなかったのだ。

母が、二十三、四歳として、これは約二十年前の世界なのだ。

私は、なぜか二十年前の母と出会ってしまった。まだ生れていない過去の中で。

——こんなことって、ある？

唯一の可能な答えは、「これがすべて夢だ」ということだった。

そうかもしれない。しかし、この目の前の現実すべてが夢だなんて……。そんなことがあるだろうか。

でも「夢でない」としたら、どうなってしまうんだろう？

「疲れたわ」

スターが、やって来た。

「セリフのニュアンスは良かったよ」

と、永原が言った。

「珍しい。ほめて下さるなんて」

と、ちょっと笑って、「——監督。ご迷惑かけてすみません」

真顔になっていた。

「何かあったのか？」

「いえ……。いつものことです」

と、低い声で、「何もかもいやになって、出てくる気がしなくて。信江《のぶえ》さんを叱《しか》らないで下さい」

「ああ、分ってる。午後は少し馬力をかけよう」

「はい。――この子、誰ですか？」

私は心臓をわしづかみされるような気がした。

お母さん！　私よ！　自分の娘が分らないの？

「浅野ひとみ君といって、見学に来てるんだ」

と、永原は言った。「知ってるだろ？　浅倉しのぶさんだ」

私は、心臓の鼓動がスタジオ中に響き渡っているような気がした。

「――初めまして」

と、私は言った。

母親に向って、こんなことを言うなんて！

「いらっしゃい。スターの卵ってわけね」

と、母は言った。

いや、「母は」というのは、ここではそぐわないだろう。

「そんなわけじゃ――」

「どう思う？　『幸子』が決ってない。何となくこの子を見てピンと来たんだけどね」

と、巨匠は言った。

「いいんじゃないかしら。——目に力があるわ」

浅倉しのぶが、じっと私の目を覗き込む。

お母さん！「あなたの目」なのよ。これは。

「ま、当人は何も知らないからキョトンとしてる」

と、永原が笑った。「さ、お茶にしよう」

5　家　族

いつになったら、この夢がさめるの？

私は、午後の撮影を、ずっとスタジオの隅で小さな椅子に腰かけて眺めながら、途方にくれていた。

見たことも聞いたこともない場面を、こうも詳しく夢で見るものだろうか？

「はい、用意。——スタート！」

永原の声が響く。助監督が小さな板をカメラの前へ出して、拍子木のようにカチンと鳴らす。

あれをカチンコと呼ぶのだとか——そんなことを知っているのは、やはり母から聞かされた思い出話が頭に残っているせいだろう。

そして、どこか寒々とした埃《ほこり》っぽいスタジオの中が、私は嫌いではなかった。

明るい照明の下、一瞬にして架空の世界へ入り込んでいく役者たち。「カット！」の声と共に、彼らがフッと夢からさめるように生身の人間に戻るさまは、私の興奮をかき立てた。

夢を見ているのだ。彼らも。私一人ではない。

――次のカットに移るとなると、カメラを動かし、照明も変り、また、場面が違うと衣装も変ってくる。

スタジオの中は、小気味よいテンポで、撮影が進んでいることが感じられた。

みんなが「のっている」。――リハーサルはほとんど一、二回で、本番もほとんど一発でOKになった。

大勢で仕事をするときというのは、こういうことがある。

みんなの「やる気」の波長がピタリと合って、波がどんどん高くなっていく。信じられないほど仕事がはかどる。

――私も演劇部の中で、まれにそんな瞬間を体験することがあった。

「――やあ、ごめんよ、放ったらかしで」

永原が私の方へやって来た。

「いいえ」

と、私は微笑んで、「順調ですね」

「うん。波にのってる。こんなとき、うんとやっとかないとね」

永原はサングラスを外して、目をこすった。

サングラスがないと、別人のようだ。目が小さくて可愛かった。

「君のおかげだ」

と、永原がいうので、びっくりした。

「私、見てるだけです」

「しのぶはライバルがいると燃える、いや、スターは誰でもそうだ。いいところを出そうと張り切る」

「ライバルって、私……」

「分ってるよ」

と、永原は笑って、「そのことはまた後で話そう。ただ、しのぶは、君が新人だと思ってる。何といっても新人は目立つからね。負けちゃいられない、って気になってるのさ」

新人って……。

私は、えらいことになったと思った。

この人は、この映画に私を出すつもりだ。

母と「未来の娘」が共演？　そんなことになったら、時間はどうなっちゃうの？

――夢だ。

これは夢なんだ、と私は言い聞かせる。

「監督、カメラの位置、見て下さい」

プロという感じの笹田カメラマンが呼ぶ。

永原より年長だろう。永原も信頼し切っているのが分る。

永原がセットの方へ行ってしまうと、私は小さなドアからスタジオの外へ出た。

もう外が薄暗くなっていてびっくりする。

でも――今日、これからどうしたらいいのだろう？

何しろ、家へ帰りたくても、まだ家はないはずなのだ。学校も、友だちも、どうなっているのだろう？

しかし、私はそう心配してはいなかった。心配したからといって、どうなるものでもないし、それに、たとえ夢だとしても、これはとても刺激的な夢だったからである。

私は、外の空気が気持よく、少し辺りを歩いてみることにした。――迷子になっても、

「永原監督の所へ連れてって」

と、頼めば、即座に分るはずだ！

ブラリと歩いて行って、角を曲ろうとすると、

「いいから、金を出しゃいいんだ！」

という男の声に、ギョッとして立ちすくんだ。

強盗？　それとも――ヤクザ映画の撮影かな？

そっと顔を出してみると、人気のない、ガラクタの前で、派手な上着の男が、女性に絡

んでいるのだった。

もちろん、撮影ではない。

「そう毎日のようにおっしゃられても……」

と、女が言い返す。「しのぶさんも、金の成る木を持ってらっしゃるわけじゃないんですから」

その女性は、母の――いや、人気スター浅倉しのぶの付き人、安田《やすだ》信江だった。

「聞き飽きたぜ」

と、相手はちょっと笑って、「たまにゃ違うセリフを言え」

安田信江もムッとしたらしい。

「あなたこそ、たまにはお金を返されたらいかがですか」

それを聞いた男は、いきなり平手で信江をひっぱたいた。私はハッとして、考えるより何より、その場へ飛び出していた。

「何するんですか！」

突然私が出て行って、男はびっくりしたらしい。荒《すさ》んだ感じの男である。

「――何だ？」

「安田さん、大丈夫ですか？」

と、私は駆け寄って、助け起すと、「今、永原監督を呼んで来ますね！」

これには信江も男もびっくりした様子だった。

「あなた、まさか……」

「私が呼んだら来てくれます。助監督さんとか、大勢呼んで来ます！　女性を殴るなんて、最低ですよ！　許せませんよ」

「何だ、こいつ？」

と、男が言った。

私は正面切って男に向うと、「気は確かか？」

「私、浅野ひとみです。永原監督に、新作に出ろと言われてるんです。今なら、監督が私の頼みを聞いてくれますよ。警察に届けられたいですか？」

演劇部できたえたので、声はよく出る。

相手は私の威勢の良さ（空元気ではあったけれど）にすっかり呑まれた様子で、

「妙な奴が出て来て調子狂うじゃねえか……」

と、ブツクサ言っていたが、安田信江の方へ、「また来る！」

と言い捨てて、足早に行ってしまう。

私はフッと肩で息をして、

「——ごめんなさい。余計な口出しだったでしょうか」

と、安田信江に訊いた。

「いいえ……」

と、打たれた頰《ほお》をさすりながら、「私、ぶたれるのはあんまり好きじゃないので」

見かけによらず、ユーモアのセンスのある人かもしれない。

「浅倉しのぶさんの……」

「付き人をしている安田信江です」

と、頭を下げられて、

「そんな——。私、まだ素人の見学者なんですから」

「でも——永原先生が、『あの子を使いたい』とおっしゃってましたよ」

「え？　そうですか」

「ええ、さっき休憩のときに、しのぶさんにそうおっしゃってました」

「ああ、それって、ただしのぶさんを頑張らせるためですよ。私なんか、何も聞いてないし」

「あなた、本当に普通の学生さん？　声がとてもよく出てるわ」

「どうも……」

私は、もう大分暗くなって来た撮影所の中を見回して、「スタジオへ戻ります？　私、迷子になりそう」

「行きましょう」

信江は、ホッとしたように笑って、「しのぶさんも凄《すご》い方向音痴なんですよ。似てるわね」

そう言われてギクリとする。

「――しのぶさんも？　光栄だな。スターに似てて」

と、ごまかすと、「今の男の人って、どうしてお金をせびったりしてたんですか？」

信江はちょっと困ったように考え込んでいたが、

「――いいわ。どうせこの世界へ入れば耳に入るでしょうし」

と言った。「今の人はね、浅倉しのぶさんのお兄さんなの」

――私は絶句していた。

つまり、あれは私の伯父ということになる！

そんな人のことなど、私は聞いたこともなかった。

「何もしない遊び人でね」

と、信江が言った。「しのぶさんにたかって、お金をもらっては遊んで歩いてるの。みんな、しのぶさんのことをわがままって言うけど、そういう苦労があるのよ」

私は何とも言いようがなかった。――将来、生れた娘でも苦労することになる（！）なんて、知らない方がいいだろうし……。

スタジオでの撮影は、夜十時近くまで続いた。

「——はい、お疲れさん」

と、永原の言葉で、スタジオの中はホッとした空気が流れる。

「——今日ははかどりましたね」

と、カメラマンの笹田がニコニコしながら言った。「フィルムがなくなるかと思った」

「予定外のカットまで行くんだもん。セリフまだ憶《おぼ》えてなくて焦っちゃったぜ」

と、多田竜ノ介が言った。

もちろんジョークなのだろう。私の見ている限り、多田がセリフを忘れたりとちったりしてのNGは一度もなかった。

「——君、ずっと付合ってたの」

と、多田が私に声をかけてくる。「疲れたろう」

「いえ……。面白くて、時間のたつのなんか忘れてました」

「おやおや、こいつは立派に役者の素質があるね」

と、多田は笑った。

しかし、それは私の正直な気持だった。

たとえこれが夢の中の出来事でも、スタジオの中の緊張感と、「ＯＫ」が出たときの達成感は、私の体を熱くした。

「もうこんな時間か！」

永原がびっくりしている。周りでは笑いが起った。

「今日はいい疲れだ」

と、多田が言った。「うまくいかないときの疲れは、こたえるからね」

多田竜ノ介は、もう今は生きていない。

私も、昔の日本映画をテレビやビデオで見て、多田のことを知っていたのだ。

割合に若くして亡くなったような気がするけれど、記憶は確かではなかった。

「――明日はロケですので、よろしく」

と、助監督が大きな声で言っている。

「晴れるかな」

と、多田が言った。

「天気予報じゃ、一応曇り、一時晴れなんですけど。朝の時点で、もし中止のときは連絡します」

「分った。――じゃ、お先に」

多田はチラッと私の方を見て、「また会おう」

と微笑んで見せた。

その口もとには、何とも言えない色気が漂って、私でさえゾクゾクするものがあった。

「——君、お腹空《す》いたろう」

永原が言った。「お宅はどこ？　送らせるよ」

「あの……」

私はどう言っていいのか分らなかった。

永原は、困惑している私を見てどう思ったか分らないが、

「じゃ、一緒に何か食べよう。——しのぶ」

浅倉しのぶが、コートをはおって信江と一緒にやって来た。

「この子と食事して帰る。君、どうする？」

「どうでも……」

「じゃ、そうしよう。——おい、どこか予約しといてくれ」

監督というのは大したもので、永原がそう言った言葉は誰に向けられたものか、よく分らなかったのだが、十分後にはちゃんと車が待っていて、私は永原と一緒に、日本料理屋さんへ連れて行かれたのである。

——車の中で、永原は私に何も訊かなかった。

むしろ、自分から今度の撮影に入るまでに散々もめたこととか、プロデューサーと大ゲンカしたことを面白おかしく話してくれた。

車で二十分ほど走り、私と永原は、その料亭の玄関へ着いた。

すぐに後《おく》れて浅倉しのぶたちを乗せた車も着く。

私はこんな料亭なんか入るのは初めてで、ツルツルに磨き上げられた廊下で危うく滑って転びそうになった。

「――どうぞ」

座敷の襖《ふすま》が開けられると、十畳以上はある広い和室で、正面に背広姿の小太りな男があぐらをかいていた。

「何だ、来てたのか」

永原がややぶっきら棒に言う。

「出られてすぐ撮影所へ電話を入れたんですよ。そしたらここだっていうんで」

小太りなその男は、愛想良く、「どうも、しのぶさん」

「今晩は」

しのぶはニッコリと笑った。

「――座って」

永原は、自分の隣に私を座らせた。「この人はプロデューサーの三枝《さえぐさ》さんだ」

私は黙って会釈した。あんまりニコニコしても妙なものだ。

三枝という男は、私が何者か分らずに戸惑っているようだった。

「ともかく食べよう。――今日ははかどってね。食事も忘れてた」

「助かりますね」

と、三枝が言った。「先にビール」

「食事を忘れてたのは、監督だけよ」

と、しのぶが笑って言った。

「そうか。しかし、お腹の鳴る音は、マイクに入らなかったぜ」

なごやかな気分で食事が始まる。——私もともかくお腹が空いていたので、出されるものをせっせと食べた。

「もうお一人はどうなさいます?」

仲居さんが訊くと、三枝は、

「ああ、出しといて。もう来る」

「かしこまりました」

「——三枝さん、まだ誰か来るの?」

と、しのぶが訊いた。

「うん。『桜木《さくらぎ》幸子《さちこ》』がね」

三枝の言葉に、永原が食事の手を止め、

「——三枝君。それはどういう意味だい?」

と訊く。

「待ってて下さい。今に――。ああ、来たか！　入って」

三枝が手招きすると、何だか似合わない白のワンピース姿の若い女の子が、おずおずと入って来た。

「入って。――うん、そこへ座って」

三枝は座り直すと、「監督、幸子役の、阿部《あべ》マチ子です」

その娘はたぶん私と同じ十七歳くらいだろうと思えた。――頭を下げて、

「よろしくお願いします」

と、小さな声で言った。

「待ってくれ！」

と、永原ははしを置くと、「どういうことだい、これは？」

「いや、捜しておられたじゃないですか、幸子の役を。この子、と思ったんでね。連れて来たんです」

「僕に相談もなく、決めたって言うのかい？」

「いえ、そうじゃありませんが……。監督、私に任せるとおっしゃったじゃないですか」

「捜すのを任せる、と言ったんだ。決めるのは僕に相談してくれないと困る」

「しかし――いいと思いますけどね。当人もやる気充分です」

私は、何だか微妙な立場だった。

その少女、阿部マチ子は、確かに色白できれいな顔だちをしていたが、何となくパッと目立つ華やかさがない。

「僕はね、この子を使おうと思ってるんだ」

永原に肩を叩かれて、私はギクリとした。

「監督、それこそ、私に黙ってじゃ――」

「今日見付けたんだ。仕方ないだろ」

「どういう子です?」

「さあ、よく知らない。しかし、この子は充分やれる素質を持ってる。僕が保証する」

「しかし……。未成年でしょう。親の許可もいるし」

「ああ!」

と、急に浅倉しのぶが言った。「思い出した。あなたって、K工務店の社長のお嬢さんでしょう」

阿部マチ子が真赤になってうつむいてしまった。

――気まずい沈黙がしばらく続いた。

「三枝君」

と、永原が言った。「確かに、今度の〈桜の坂〉は、K工務店がスポンサーになってくれて、初めて実現した。しかし、それと映画の中身とは別だ。内容に責任を持つのは僕なんだ。コネでキャスティングしたと思われては困る」

私は、どうしたものか迷った。母と共演させられても困るが、といって、どうしたらいいのか、行くあてもない。

「監督、今度の映画じゃ、私はずいぶん苦労したんです」

と、三枝が言った。「ロケもご希望通り入れました。本来なら予算の枠の中ではとても不可能だったんです。それをあえてスポンサーに頭を下げて、追加出資していただいた。私の立場も少しは分って下さい」

「分ってるとも。しかし、出来上った映画を見る観客には関係ないことだ。そうだろ？それとも字幕でも出すのか？〈この映画にはスポンサーの社長の娘が出ています〉とでも？」

私は、聞いていられなかった。

「待って下さい」

と、私が口を開いたので、みんなびっくりした様子だった。「――そういう話をなさるのなら、阿部マチ子さんに席を外してもらうべきじゃないでしょうか。彼女を泣かせて、何になるんですか」

阿部マチ子は、顔を伏せて、声を殺して泣いていた。

永原がハッとした様子で、

「気付かなかった。――すまん」

と言った。

私は立ち上ると、

「私も外します。二人がいなくなったら、ゆっくり話し合って下さい」

と言って、阿部マチ子の肩に手を置き、

「廊下へ出てましょ。ね？」

阿部マチ子がハンカチを出して涙を拭《ふ》くと、立ち上る。

私は一緒に廊下へ出て、襖を閉めると、

「――玄関の所にソファがあったわ。座ってよう」

と促した。

「ええ……」

マチ子はグスンとすすり上げて、「いやだって言ったのに……。あの三枝さんが、『僕に任しときなさい！』とか言って……。父の方がすっかりその気になってしまったの」

ソファに腰をおろして、

「じゃ、自分が出たかったんじゃないの？」

「出たいわよ、もちろん。でも――あんな大変な役！　もっと小さい役でいいの。それなのに、お父さんたら、『俺が金を出してるんだ』って」

そういう姿勢は、永原には逆効果でしかないだろう。

「私もズブの素人よ。今日初めて監督に会ったんだもの」

「そう……」

「ああ、でも……。食べるの途中じゃ、もったいない！」

と、私が言うと、

「私なんか、まだ一口も食べてない」

——二人で顔を見合わせて笑った。

「あなたいくつ？」

と、マチ子が訊く。

「十七」

「同じだ。でも、落ちついてるわね」

「見かけだけね」

しゃべっている内、私たちはごく普通の十七歳同士になっていた。

何となく暗そうな印象だったマチ子も、声を上げて笑うと、ごく平凡な十七歳だった。

二十分ほどもしゃべっていただろうか。

「やあ、ここにいたのか」

永原がやって来た。

「二人でおしゃべりしてたところです」

と、私は言った。

「そうか」

永原はホッとした様子で、「今、三枝君と話をした。そして、一応君ら二人のスクリーンテストをすることにした。その上で幸子役を決める。いいね？」

私もマチ子も肯く。

「それで、ひとみ君だが——」

「私、帰る家がないんです」

と、私はあっさりと言った。「どこでも、寝られればいいんですけど」

「じゃあ、うちへ来て」

と、マチ子が言った。

「おたくへ？　でも——」

「うちは母と二人だからね。ね？　女ばっかりの方が気が楽よ」

母と二人。——私は、マチ子の視線にふと微妙なニュアンスを見てとった。

「じゃ、お邪魔しようかな」

「うん！」

「その前に——食事しよ」

私が言うと、永原は笑って、私たち二人の肩を抱き、元の座敷へと戻って行ったのだった。

6 秘密

目が覚めた私は、すぐにまたギュッと目をつぶった。

今、自分のいるのが現実の世界――つまり、浅倉しのぶの娘として暮しているのか、それとも、まだ二十年近く前の、「身許不明」の娘として目を覚ましたのか、すぐ知るのが怖かったのである。

でも、目を開けるときには、もう分っていた。

私は日本間の畳に敷かれた布団で寝ていた。――母との家なら、ベッドのはずだ。

やれやれ……。

まだ「夢のつづき」を見ているらしい。

夢の中で眠って、目を覚まして。――妙な話だ。

「おはよう！」

襖が開いて、阿部マチ子が顔を出した。

「あ、おはよう」

私は起き上って、「今、何時?」

「八時よ。スクリーンテストがあるから、撮影所に十時よ。朝ご飯にしましょ!」

スクリーンテスト! あれも夢じゃなかったんだ。

私は起き出して、布団をたたんだ。

茶の間へ行くと、ミソ汁の匂《にお》いがした。

「座って下さいな」

と、いかにも穏やかな、やさしい感じの母親が台所で言った。

「お手伝いしましょうか」

と、私は言った。

「あら、どうも。でも、大丈夫。——落ちついてらしてね」

阿部照代《てるよ》というのが、マチ子の母親の名前だった。

K工務店の社長がマチ子の父というのは間違いない。でも、社長の名は久田《ひさだ》。——阿部照代は正式な奥さんじゃなかったのだ。

久田という人は、奥さんとの間に子供がいないので、マチ子を可愛がってくれてはいるらしい。

パーティにも時々マチ子を連れて行き、母、浅倉しのぶが見かけたのも、そういうときのことらしかった。

「お口に合うといいけど」

と、照代が朝食を出してくれる。

うちのお母さんとはずいぶん違う、と私は思った。

マチ子と二人で朝食をいただく。

――この家も、二階家だが、広くはない。

でも、私がどこから来て、どうして一人でいるのか、何も訊かずに泊めてくれるのは、やはり自分の家も「事情」を抱えているからだろう。

その点、私は幸運だったかもしれない。

――朝食がすむと、私はマチ子の服を借りて着た。ほぼ同じサイズで、少々古くさいが仕方ない。

私たちは一緒に出かけた。

よく晴れて、爽やかな日だ。

「――ロケに行きたかっただろうな」

と、私は笑った。

ロケのはずが、私たちのスクリーンテストのために急に変更されてしまったのだ。

それだけに、真剣にならなくては、という思いがある。でも――どうなるんだろう?

マチ子に決って、私が出なくてもすむのなら、問題は起きないかもしれない。でも、もし私が出たら？

「桜の坂」という映画は、「時間」の論理の前に、消滅してしまうのか。——夢なら、もうそろそろさめてよ！


「——はい、歩いて来て」

と、永原が声をかける。

私は、まぶしいほどのライトの中に浮かび上る、みごとな日本庭園に舌を巻いた。

これがセット？——スタジオの中とは信じられない、美しい庭園だった。

その小径《こみち》を、振袖《ふりそで》姿のマチ子がゆっくりと歩いてくる。

カメラが回るジーッというかすかな音。

むろん、カメラを回しているのは笹田カメラマンだ。

永原は、カメラのわきに立って、鋭い目でじっとマチ子の動きを見ている。

「立ち止って！——池の方を覗き込む。——そう！　それから遠くに兄の姿を見付けて、少し足早に歩き出す」

指示の通りに、マチ子は庭園のセットが切れるまで歩いて来た。

「はい、ＯＫ。——ご苦労さん」

と、永原は肯いた。「どうだね？」

と、マチ子が言ったので、笑いが起った。

「暑いです」

「じゃ、次はひとみ君」

永原が私の方を見る。

心臓がギュッと痛くなった。——私も、衣裳《いしょう》の人が選んでくれた振袖を着ていた。

着物は母が着るので、私も時々着せられていて、そう苦しいとか歩きにくいことはなかった。

「それじゃ、こっちへ歩いて来て。——いいね?」

「はい」

私はセットの一番奥で足を止め、振り向いた。

「じゃ、スタート!」

カメラが回る。

私は、袖が翻らないように気を付けながら、小径を進んで行った。

「はい……。そこでふと足を止めて、池の方を覗く。——顔を上げて、遠くの兄に気付く……」

私は言われるままに顔を上げた。

そのとき、ちょうど視線の先、スタジオへ出入りする小さなドアが開いて、母が——浅倉しのぶが入って来たのである。

私の目は、その姿にひきつけられた。

今日、ロケが中止になって、彼女はオフのはずだ。

なぜ、わざわざやって来たのだろう？

「――はい、少し早く歩いて来て」

永原の指示で、私は我に返ると、庭園のセットの端まで行った。

「OK！　――いいね？」

「OKです」

と、笹田が肯いて、「うんと可愛くとれてますよ」

「じゃ、ラッシュが上ったら、みんなで見よう。――二人は一緒に来てくれ。少し台本を読んでもらう」

私とマチ子は、二人だけ振袖姿という目立つ格好で、スタジオを出て、オフィスの方へと歩いて行った。

〈永原組〉という札のかかったスタッフルーム。

撮影所では、同時に何本かの撮影が進んでいるので、監督の名前をつけて、そのスタッフは〈××組〉と呼ばれる。

「座って」

と、永原は、色々細々とした物が置いてあるテーブルに向うと、自分も椅子を引いて座り、台本をそれぞれ一冊ずつよこした。

「——三十ページの所だ。幸子のセリフがあるだろ？　五行めから、これを読んでもらう」

「はい」

と、私は言った。「見ながらでいいんですか？」

「うん。まず、声に出して読んでくれ」

マチ子が私の方へ「どうぞお先に」というように肯いて見せた。

私は、あまり感情をこめずに、それでも一本調子にならないように読んだ。

長いセリフだが、読みにくい所はない。

「——君、発声をやってたのか」

と、永原が言った。

「あ……。演劇部にいたので」

「そうか」

と、肯くと、「じゃ、マチ子君」

マチ子は台本を開いたが——。

「むだです」

と、首を振った。「幸子の役は、ひとみさんですよ」

「マチ子さん——」

「私、舌がもつれちゃう。今は読めても、カメラの前でしゃべれって言われたら、とっても無理」

「でも……」

「監督さんも分ってらっしゃいますよね？」

永原は、しばらく私とマチ子を交互に眺めていたが、

「——幸子役は、ひとみ君、君だ」

と言った。

マチ子が手を叩く。

私は頰の紅潮するのを感じた。

「マチ子君は、幸子の学校でのクラスメイトの役で出てくれないか」

「私……」

「必要な役だし、捜していたんだ。頼む」

マチ子は、永原の立場を察したのだろう。肯いて、

「分りました」

と言った。「いい思い出になります」

母と共演する？　一体どうなってしまうんだろう？

でも、私はそのとき、内に熱く燃え上るものを感じていた。映画に出る。映画に出るのだ。

「——監督」

と、助監督が顔を出した。「しのぶさんがお話があるそうです」

「分った。すぐ行く」

永原は二人の方へ向くと、「苦しければ、もう脱いでもいいよ」

「もったいない！　もう少し着てよう」

と、マチ子が笑って言った。

ドアが開いて、しのぶが立っていた。

「あら、すてきね」

「今行くところだった」

「振袖か……。私もそろそろ着られなくなりそう」

「まだ二十五じゃないか。大丈夫さ」

と、永原が言うと、

「あら、この間私、二十六になったんですよ！」

と、ツンとして、「どうせ憶えてちゃくれないですよね」

「失礼。しかし、君は若い。大学生の役なんだぜ。忘れるなよ」

私は、マチ子と二人で、スタッフルームを出た。

「――凄い振袖！　写真とっとくんだった」

と、マチ子ははしゃいでいる。「――ひとみさん、どうしたの？」

私は、あることに気付いて、愕然《がくぜん》としていたのだ。

――母が二十六？

見た感じで、もっと若いと思っていた。

二十六だとすると……。これは二十年も前ではない。…十八年前だ。

ということは――私が十七歳。母は二十六で私を身ごもり、二十七で産んでいる。

母は、この「桜の坂」の撮影中に、私を身ごもったのではないか。

ということは――。

「ごめん、ちょっと……」

私は一人で、スタジオの間を、急いで通り抜けた。一人になりたかった。

私は、喘《あえ》ぎながら、行き止りの道で足を止めた。

「お母さん……」

私は父を知らない。母は、父のことを何も教えてくれなかった。

私は小さいころから、「父のこと」を訊いてはいけないのだと漠然と感じていたらしい。

母は、結婚せずに私を産み、同時に映画界を退いたのだ。

もし、この「桜の坂」の撮影中に母が身ごもったとしたら、私の父親が誰なのか分るかもしれない。

思いもかけない成り行きに混乱していた私は、人の気配で振り向いた。

「やっぱり、お前か」

立っていたのは、浅倉しのぶの兄――つまり私の伯父に当るという男だった。安田信江さんから金をせびっていた男だ。

「何かご用ですか」

と、私は言った。

「スターになりたいんだろ?」

昼間から酒くさい。「俺《おれ》を知ってるかい?」

「忘れました」

「俺はな、浅倉紳一《しんいち》。『紳士』の『紳』と『一』と書くんだ」

「名前負けしてますね」

と、私は言った。

「面白い子だ。――俺はな、あの浅倉しのぶの兄なんだ」

「そうですか」

「なあ、スターになりたきゃ、俺が口をきいてやる」

と、近付いて来て、「な、悪いようにゃしないぜ」

と、私の肩を抱こうとする。

私はスルリと逃げて、

「そんなこと、頼みたくもありません。変なことすると、人を呼びますよ!」

と、にらみつけた。

「おい……。俺が仲良くしてやると言ってるんだぜ」

「願い下げです」

「何だと!」

突然、浅倉紳一の目が凶暴な光を帯びた。

「つけ上るなよ! その顔に模様をつけてやってもいいんだぜ」

ポケットを探っていた手が、ナイフを取り出すと、さすがにこっちも怖くなる。

振袖姿じゃ、逃げるといっても逃げ切れないだろう。

しかし、ここで怯《おび》えたら向うの思う壺《つぼ》だ。

私は一心に相手の目をにらみ返した。

するとそこへ、

「どうしたんだ？」

と、声がした。

振り向くと、あの最初に会った助監督の宮崎徹《とおる》だ。私にはそのボサボサ頭の宮崎に後光がさしているように見えた。

「――ナイフなんか持って何してる」

「うるせえ」

浅倉紳一は、それでもいまいましげにナイフをしまうと、「――また会おうぜ」

と言って、足早に行ってしまった。

「大丈夫？」

「ありがとう！」

と、胸に手を当てて言うと、

「ああ！　君か！　びっくりした」

宮崎が目を丸くする。

「助かったわ。ね、永原監督の所へ連れてってよ」

私は宮崎の腕を取った。

「あ！　だめだよ、ペンキが――」

「え？」

あわてて離れたが、私の振袖には、宮崎の上っぱりについていた青いペンキがくっきりと印刷されてしまっていたのだった。

7　友情

「ごめんなさい」

と、私はくり返し頭を下げた。

高価な振袖《ふりそで》にペンキをつけてしまったのだ。もし、「弁償しろ」と言われても、私は「一文なし」なのである。

「いいわよ、ちゃんと落ちるから」

と笑って言ったのは、髪を短く切って、ジーパン姿の女性。

さばさばした口調で、

「スターはね、そんなことでいちいち謝んなくていいのよ。『あら、ペンキがついちゃったわ。落としといて』ってスタッフに言ってやれば」

「そんなこと言えません。大体、私、スターなんかじゃないし」

と、私は言った。

スタッフルームにいたその女性は、昨日の撮影中、ずっと永原監督のそばについていた。

「あの……スクリプターさん……ですよね」

と、私はおずおずと言った。

「あら、よく知ってるわね」

と、嬉《うれ》しそうに、「素人さんには縁のない仕事だけど」

「どうぞよろしく」

と、私は頭を下げた。

「野神明代《のがみあきよ》よ。よろしく」

と、その女性は微笑《ほほえ》んだ。「――座って。今、監督、人と会ってるの。じきここへ戻って来るわ」

腰をおろすと、お茶を注いでくれる。

「すみません。――野神さん、いつも永原監督とご一緒なんですか」

「ここ何本かずっとね」

と、自分もお茶を飲みながら、「あの監督についてくのは大変。こう見えても、昔は柔道やってたの。体力には自信あるのよ」

一見細身で、きゃしゃだが、確かに骨格が丈夫そうだ。

笑顔がすてきな人で、心の許せる相手という印象だった。

「――でも良かったわ。『幸子』役が決らなくて困ってたのよ。スケジュールから言って、もうぎりぎりだったの」

「私、まだ台本もらったばっかりだから……」

「でも、あなたならぴったり。――物怯《ものお》じしない子ね」

「図々しいってことですか？」

「ある意味じゃね。――少しは図々しくならないと、スターなんて、やっていけないわ」

と、野神明代は言った。

スクリプターは、画面で〈記録〉と書かれる仕事である。

撮影に当って、細かい色々な状況をすべて記録しておくのがスクリプター。

たとえば、同じ場面の撮影が二日間にわたったとすると、一方でメガネをかけていたのが、もう一日ではかけ忘れていたとすると、後でフィルムをつないだとき、かけたり外したりで、妙なことになってしまう。

そういうことがないように、着ている物から、ボタンがいくつまで外してあったか、髪の分け方はどうだったか、すべて記録しておくのがスクリプター。

細かい所に目が届かなくてはできないので女性の仕事と決っている。

永原謙二のような監督につくスクリプターなら、大ベテランだろうが、野神明代はせいぜい三十歳前後にしか見えなかった。

「でも、あなた、発声もきちんとできてるし、スクリプターなんて言葉も知ってるし、お家が映画関係なの？」

　そう訊《き》かれて、大分今の状況に慣れて来ていた私は、つい、「私、浅倉しのぶの娘です」と言いそうになって困った。

　こういうとき、いい加減なことを言うと却《かえ》って後で困ることになる。

「すみません。家のことは、お話ししたくないんです」

　これで通すことにした。こう言いながら少し目を伏せ気味にすると、

「そう。——別にいいわよ。色々事情を抱えているものね、みんな」

　と、野神明代は勝手に納得してくれた。

　これでよし、と。

「ともかく——」

　と、明代はもう大分端が丸まってボロボロになった台本をめくって、「あなた、これから大変よ。『幸子』役が決らないんで、出番のあるシーンは後回しになってたの。それを一気にまとめて撮らないといけないから、当分休みはなし、何日も徹夜ってことになるかもしれないわ。覚悟しておいて」

　そう聞いても、まだ実感がないので、

「はい」

　と、至って気軽に答えただけだった。

「今日もロケ日和だったのにね」

と、明代が首を振って、「——ああ、だからって、あなたにどうこう言ってるんじゃないのよ。『幸子』役が決ったんだから何より。——今夜からスタートよ、きっと」

「大変だ！　セリフ憶《おぼ》えなきゃ」

幸い、演劇部でもセリフ憶えは速かった私である。それに『幸子』は重要な役ではあっても主役ではない。

パラパラともらった台本を見ても、セリフの量はそう多くはなかった。

「永原さんは、セリフが完全に入ってて当り前という前提で仕事してるから、そのつもりでね」

と、明代が言った。「でも、新人にはそんなに厳しくしないわ。心配しなくても大丈夫」

「セリフ、憶えて来ない人なんかいるんですか？」

と、私が訊くと、明代はいたずらっぽく、

「憶えてくるわ、みんな。その代り、本番のときになると忘れちゃうのよ」

と笑って言った。「今の〈桜の坂〉だと、しのぶさんかな、よくセリフ忘れるのは」

「はあ……」

——お母さんたら！

よくTVで「NG特集」を見て、

「昔はセリフ忘れて笑って喜ぶなんて、絶対にしなかったものよ」

と怒っているくせに。

とかく大人というのは、そういうものだけど……。

スタッフルームのドアが開いて、プロデューサーの三枝が顔を出した。

「監督にご用ですか？」

と、明代が言った。

「いや、いいんだ」

スタッフルームといっても一目で見渡せるような小さな部屋である。三枝はドアから入って来ようともせずに行ってしまいそうだったが、思い直した様子で、

「しのぶさん、見た？」

と訊いた。

母のことが出ると、やはりドキッとする。

「さあ。さっきチラッと見ましたけど、どこにいるかは分りません」

明代の言い方はなぜか突っけんどん。

「そう。ありがとう」

と言って、三枝は私の方へ、「決ったんだね。おめでとう」

「よろしくお願いします」

と、立って頭を下げると、三枝は笑顔になって、

「こっちこそ。頑張ってくれよ」

「はい」

「それじゃ……」

三枝が行ってしまうと、

「嫌いよ、あの人」

と、明代が首を振って言った。

「何かわけでもあるんですか」

「まあ、当節、仕方ないけどね。いくら永原さんでも、好きに撮るのは無理。でも、だからこそプロデューサーは、監督に自由にやらせるように努力して、細かいことで煩わせないようにしなきゃ……。三枝さんは少し、雑用に近いことまで、永原さんの耳に入れ過ぎるの」

言いたいことをはっきり言う人で、私はこの人がとても好きになりつつあった。

「それに――」

と、明代が付け加えて、「しのぶさんに熱を上げてるの」

私は一瞬ドキッとした。

「しのぶさんの方は？」

「相手にしてないわよ。今はそれどころじゃないでしょ。ともかく永原さんの映画に出るんだもの」

私は何となくホッとした。

もしかしたら、あの三枝が私の父親？　そう思うと、やはり「いやだ！」と言いたくなった……。


スタッフルームを出た私は、撮影所の中をゆっくりと歩いてみた。

初めはまるで迷路のように広く思えたものだが、歩いてみるとそうでもないことが分る。広く感じるのは、似たような風景がいくつも続いているからだろう。

それでも、それぞれに違いはあり、特徴もあることが、少しずつ分ってくる。

歩いて行くと、正面の所へ出た。

年とった守衛さんが門の中の建物で、出入りする人たちに目を光らせている。

あの守衛さんも、きっと今は生きていないだろう。——そう思うとふしぎな気がした。

そうだ。これは全体が「映画」のようなものだ。

今はもう亡くなってしまった役者が、映画の中、フィルムの中で生きているように、私がいるこの「仮の世界」は、映画そのものなのかもしれない……。

車が一台入って来て、守衛さんが、

「ご苦労様です！」

と、声をかけた。

誰だろう？——車は、私のそばへ来て停ると、窓ガラスが下りて、

「やあ、決ったってね、『幸子』に」

多田竜ノ介だ。笑顔にどこか暗い皮肉めいたものを感じさせる二枚目である。

「よろしくお願いします」

「こっちこそ。——乗るかい？」

断る理由はなかったが、私は何となく歩いていたかった。

「すみません。少し歩いてみようと思ってるんで」

多田竜ノ介の誘いを断るなんて！

多田は別に気を悪くするでもなく、

「じゃ、後で」

と、行ってしまった。

後で、か……。

「あ、そうか！」

「幸子」の出番のあるシーンを、きっと今日からもう撮り始めるのだ。多田も、そのために呼ばれてやって来たのだろう。

セリフを憶えなきゃ！
こんなことしちゃいられない。
私はあわててスタッフルームへと戻って行った……。

8 照明

白いスクリーンに、チラチラと光と影の模様が踊って、すぐに私が登場した。

振袖姿の私が、庭園のセットへ入って来る。――スクリーンテストの映像だ。

私は、自分の姿がスクリーンに映し出された瞬間、心臓が痛いほど高鳴った。

うぬぼれているのではなく、それは自分ではないようだったのだ。

あれは――お母さん？

そんなわけはないのに、そう思ってしまったほど、スクリーンの私は、母に似ていた。

一緒に見ている永原監督や笹田カメラマンが、そのことに気付くに違いない、と思った。

しかし、

「いいね」

と、永原は肯《うなず》いて、「とてもいい」

ほんの二十秒ほどのカットだが、ずいぶん長く感じられた。

試写室が明るくなって、

「フォトジェニックだ。――ね、多田君」

多田竜ノ介も見ていたんだ。永原の言葉に肯いて、

「久しぶりの映画女優じゃないかな」

私は、どうやらほめられているらしいということは分ったが、

「フォトジェニック、って？」

と、隣の笹田カメラマンへ訊いた。

「フィルムに合うってことだよ。中には、現実にどんなに美人でも、フィルムに撮ると輝きの出ない子もいる」

と、笹田は楽しそうに、「フォトジェニックな素材は、腕のふるいがいがある」

「いつも少し影をつけてね」

と、永原が注文をつけ、「――やあ、来たな」

試写室の後ろの壁にもたれて、あの助監督の宮崎が立っていたのだ。

「あ……」

私が会釈すると、宮崎が笑顔で手を振った。

「宮崎君に、今日からこっちの組へ入ってもらった」

と、永原が言った。「少し馬力をかけるぞ。宮崎君、頼むよ」

「はい！」

宮崎は永原を崇拝しているのだから、こう言われて張り切らないわけがない。

試写室――といっても、小さなものだが――から出ると、宮崎がそばへ来て、

「一緒にやるわけだ。よろしく」

「こちらこそ」

と、私は言った。「また徹夜、徹夜？」

「ああ、そうなるだろう。――永原さんのためなら、やるさ」

宮崎はそう言ってニヤリと笑うと、「それより、君はできるだけ時間を作って、眠るんだ。いいね」

「どうして？」

「役者は寝不足だと肌が荒れて、すぐ画面に出る。メークものりにくくなるしね。だから、どこでも寝られるようにしておいた方がいい」

「それなら大丈夫。自信ある」

と、私は言った。

「結構だな」

と、宮崎が私の肩を軽く叩《たた》いて、「じゃ、頑張ろう」

そこへ、

「あら、宮崎さん。何してるの？」

浅倉しのぶだった。

「あ、どうも。——今夜から永原監督に呼ばれて」

「あら、そう。ご苦労様」

「今、見てたんですか?」

「この子のスクリーンテスト?　私、他の人がどう映ってても関心ないの」

と、しのぶは言った。

「じゃ、三十分したら第3スタジオにお願いします」

と、声がした。

「じゃ、後でね」

と、しのぶが私の方へ笑いかけて行く。

「——浅倉しのぶさん、ご存知?」

「何度か一緒に仕事したよ」

と、宮崎は言って、「セリフは憶えた?」

「自分の分だけは、何とか」

と言うと、宮崎は笑って、

「それで充分さ。君って面白い子だな」

「そうですか?」

賞《ほ》められているのかどうかよく分らなかったが、とりあえず、「賞めてもらった」と思うことにした。

どっちでも人に迷惑がかかるわけじゃない、という場合は、自分に都合いいように解釈しておく。これは、母譲りの人生哲学（というほどのものじゃないが）だった……。

――少し間があって、

「はい、ＯＫ！」

と、永原の声がスタジオのセットに響いた。

ホッとした空気が流れ、スタッフが一斉にそれぞれ次のカットの準備に動き出す。

その動きは、きびきびとしてむだがなく、見ていて快いリズムすら感じさせた。

そのリズムに一人取り残されていたのは私で、照明が次々に消えていくセットにじっと突っ立っていた。

汗が額を濡《ぬ》らしている。でも、疲れなど少しも感じなかった。

私が、初めて「ＯＫ」をもらった瞬間だったのである。

「――大丈夫？」

と、宮崎がセットへ上ってくる。

「ええ……。何だか信じられなくて。自分が『ＯＫ』出してもらったなんて」

「たった本番二回めだよ。大したもんだ」

「新人だから甘いのよ」

と言いながら、私は嬉しかった。

「さあ次のカットだ。——君は衣裳《いしょう》替えだよ」

と、台本を見ずに言う宮崎にびっくりして、

「よく憶えてるのね」

「いつ永原さんに呼ばれてもいいように、暗記するくらい読んだからね」

ここまでくれば「永原崇拝」も、ほとんど「宗教」みたいなものだ。

私も、永原の名は知らなかったが、彼の作品のいくつかは見たこともあり、タイトルを知っているものも何本かあった。

永原が今——つまり、私が十七歳になった「現在」、生きているのかどうか、知りようもなかったが、少なくとも新作を撮るという状況ではないのだろう。

母の口からも、永原の名を聞いたことはないような気がする。

「——お疲れさん」

セットから下りると、今のシーンには出番のなかった多田竜ノ介が和服姿で腕組みをして立っていた。

「あ……。見てらしたんですか」

「うん。セリフの通りもいいし、動きが自然だ。君は掘出し物だな」

「ありがとうございます」

照れて会釈すると、

「次のシーンは一緒だな。なに、緊張することはない。リハーサル通りやればいいんだ」

多田は力づけるように言って、私の肩を軽く叩いた。

「はい」

「じゃ、衣裳替えがあるので」

と、宮崎が言って、私を促した。

スタジオを出ると、もう外は暗い。――外が夜中で、中では朝の場面、昼間でも真夜中を撮る。

それが映画というものの、ふしぎなところだ。

衣裳替えのために、一緒に歩いていると、

「君、恋人は?」

と、宮崎が突然訊いた。

「まあ……友だちはいるけど、『恋人』となると……。どうして?」

宮崎は少しためらっていたが、

「一応忠告しとくよ。多田さんに気を付けて」

と、さりげなく言う。

「多田さん？」

私はびっくりして、「多田さんがどうしたんですか？」

「もちろん、すばらしい役者で、尊敬してるけどね。女の子――特に若くて新人の子には手が早いんだ。気を付けてね」

「へえ。――映画みたい」

私の言葉に、宮崎はふき出した……。


衣裳を替えて、スタジオへ戻っていくと、黒塗りの大きな外車が停っていた。

「――誰の車？」

と私が訊くと、宮崎も首をかしげて、

「見たことないな。――運転手付きだ。役者じゃないよ、きっと」

スタジオの中へ入って行くと、永原の笑い声が響いた。

私は、永原の「社交的な笑い」を初めて耳にしたような気がした。

永原と一緒にいるのは、髪が半ば白くなった背広姿の男性で、私の目にも、この世界とは無縁の人間らしく映った。

「ひとみ君。――おいで」

永原が私を見付けて手招きした。

「――この子が、浅野ひとみ君。桜木幸子役です」

「ああ、なるほど」

と、その男は何となく尊大な感じで私を眺めた。

「この映画のスポンサーになって下さっている、K工務店の久田社長だ」

この人が……。阿部マチ子の父親か。

「初めまして」

と、私は頭を下げた。

「やあ。なかなかいい子がいないと言って、プロデューサーの三枝君が苦労してたが、決って良かった」

久田は、自分の娘、マチ子に『幸子』をやらせたかったのだろう。マチ子自身が迷惑に思いながら、三枝に言われるままにスクリーンテストまで受けたのを見ても、それは分る。

私は、いわばマチ子の役を奪ったわけで、久田に嫌われても仕方ない。しかし、さすがに社長の余裕というものか、少しもそんな気配は出さず、

「しっかりやってくれ」

と、私と握手をした。

「話題になりますよ、この子は」

と、永原が請け合った。「マスコミを通じて、公開までに、うんと話題を盛り上げようと思ってますがね」

「そこは監督にお任せしますよ」

と、久田は言った。「やあ、どうも」

浅倉しのぶが、やはり衣裳を替えてやってくる。一緒に、共演の山根弓子も笑顔で、

「社長さん、いらっしゃいませ」

と、ホステス風に大げさにお愛想を言っている。

しのぶの方は、あまりそういうことに関心ないようで、一応久田に挨拶《あいさつ》すると、後は黙って立っているだけ。

このころから、うまく立ち回るということのできない人だったのだな、と思うと笑い出してしまいそうで、こらえるのに苦労した。

山根弓子の方は、しきりに久田のご機嫌を取って、腕を組んだりして、少々眉《まゆ》をひそめたくなるくらい、甘えている。

「社長。――どうもわざわざ」

プロデューサーの三枝がスタジオへ入って来た。

びっくりしたのは、阿部マチ子がついて来たことで、今夜は出番がないのだが、三枝が久田の来訪を知って、急いで連れて来たのだろう。

マチ子は私と目が合うと、ちょっと困ったように微笑んで見せた。

「マチ子ちゃんも、いい役で出てもらいますから。ね、監督？」

「幸子のクラスメイト役でね。——個性は強くないが、誰にも好かれるキャラクターですよ」

芸術家は正直である。

「しっかりやれよ」

久田がマチ子の肩を叩く。

「はい」

——タイミングを計っていたように、宮崎が、

「監督。準備が終りました」

「分った。——撮影をご覧になりませんか」

と、久田にすすめる。

「いや、明日は朝早くて。ニューヨークへ発つのでね」

と、久田は言った。「ではよろしく」

「ご期待に沿えるようにやります」

と、永原の精一杯のリップサービス。

「マチ子。送ろう」

と、久田が言った。

それでは、いくら何でもわざわざここまでやって来たマチ子が可哀そうな気がして、

「私の名演技を見て行ってよ」

と、私はわざと少しおどけて見せた。

でも、マチ子は、

「また明日ね」

と、私に手を振って、久田について出て行った。

「どうも、社長……」

三枝が見送りに出て行く。

永原はスタッフの方を向くと、

「さあ、始めるぞ」

と、いつもの声になって、「朝までかからないようにしよう。ひとみ君が恐れをなして逃げ出すと困る」

笑い声が上って、和やかなムードの中、次のシーンの撮影に入った。

もう、久田が来ていたことなど、誰もが忘れてしまったようだった……。

9　人影

車を降りると、玄関の戸が開いて、

「お帰りなさい」

と、阿部照代が出て来てくれた。

「ただいま」

私はびっくりしていた。もう午前三時になるところだ。

「じゃ、明日は八時に迎えに来る」

と、車を運転して来てくれた宮崎が言った。

「よく寝るんだよ」

「うん。——ありがとう。おやすみなさい」

車が行ってしまうと、私は、「起きてて下さったんですか」

と言った。

「いいのよ。どうせ起きているから」

と、照代は微笑んで、「マチ子はまだ帰らないから」

「え？」

久田と出て、もう何時間もたっている。

「大丈夫なの。ちゃんと連絡があったわ」

と、照代は急いで付け加えた。「珍しいことじゃないのよ」

「そうですか……」

「さ、入って。お風呂が沸いてるわ。入って、すぐ寝ないと、明日八時に出られないわよ」

私は、ともかく言われるままに、お風呂へ入って、疲れを取った。

眠気は一向にさして来ない。——興奮の方が何倍も強いのだ。

それでも、慣れない重労働でかなり疲れていることは確かなので、パジャマに着替えて、

「——じゃ、お先に寝ます」

と、照代に挨拶した。

「お疲れさまね。おやすみなさい」

「おやすみなさい」

私は行こうとして、「——マチ子ちゃん、どこへ行ってるんですか？」

と訊いた。

「え？　――ああ、そうですね。心配させてごめんなさい」

「いえ、そんなことといいんですけど……。何だか、こんな時間まで……」

でも、私の問いに、母親は、

「心配いりません。もうやすんで下さい」

と言うだけだった。

しつこく訊くのもためらわれて、私は寝室へさがった。

もう午前四時に近く、八時に迎えが来ることを思えば、一秒でも早く寝ておかなくてはならない。

それでも、私は今日一日のすべての時間、あらゆる経験を、もう一度頭の中でくり返してみたくてたまらないほどだった。

けれども――冷静に考えれば、こんな日々がずっと続くわけもないのだ。もしこのまま私が「スター」になったら、それこそ母と私の間はどうなってしまうのか。

きっと――もしかすると、こうして眠りに入って、目が覚めると、私はあの地下道の階段に座って居眠りしていた、ということになるのだろう。

それは仕方のないことかもしれない。でも、シンデレラのガラスの靴が、夢の世界に残ったように、私がこの十八年前の空間に存在したという証《あか》しが、今日撮ったフィルムに焼きつけられているかもしれない。そう、せめて「幻の新人女優」としてでも……。

私は、神様とか仏様ではなく、何だかよく分らない、「いたずら好きな妖精《ようせい》」みたいなものに、

「あと何日か、このまま夢を見させておいて……」

と、祈るように呟《つぶや》いて、目を閉じた。

——疲れていたのは事実だろう。私は意外に早く、フッと寝入ったが……。

きっと、寝入ったばかりだったのか、表の車の音に、私は目を覚ました。

二階家の一階の奥の日本間に私は寝ていて、そのせいで車のドアの開閉が、近く聞こえたからでもあるだろう。

——マチ子かな？

私は、布団から這《は》い出して窓へ近寄ると、そっとカーテンの端を開けて覗《のぞ》いてみた。

「——おやすみなさい」

マチ子の声が聞こえた。

車は、私の視線から少し外れて停っているので、見ることはできなかった。

マチ子が、玄関の外の明りにぼんやりと照らされて見えた。玄関の鍵を出そうとするのか、立ち止ってバッグを開け中を探っている。

すると——男がマチ子を追うようにやって来た。

覗いていた私は息を止め、大きく目を見開いていた。

男がマチ子を抱きしめて、キスしたのだ。マチ子は逆らうでもなく、驚く様子でもなく、ただされるままになっていた。

「――帰ったら連絡する」

と、男は言って、足早に視界から消える。

車のドアの閉る音がして、やがてエンジンの音が遠ざかって行った。

マチ子は、鍵をあけ、玄関の戸をガラガラと開けた。

「――お帰り」

すぐに、照代の声がしたのは、車の音を聞いて、玄関まで出て来ていたからだろうと分る。

「ただいま。ひとみさんは？」

「三時ごろ帰って来て、もう寝たわ。明日八時にお迎えですって」

二人の話し声を、私は窓から離れ、部屋の襖《ふすま》のそばへ行って聞いていた。

「私も明日、ちょっとだけだけど、出番があるの」

「じゃ、八時に出る？」

「うん。平気よ、一、二時間寝れば、ひとみさんと違って、すぐ終っちゃうから、先に帰って来る」

「マチ子、学校へも少し行かないと……」

「分ってる！」

マチ子が少し苛立《いらだ》ったように言った。触れられたくないことなのだろう。――確かに同じ十七歳として、マチ子も私も高校生のはずだ。

もともと「身許不詳」の私はともかく、マチ子も学校へ行きたくないらしい。

それは――今の男のせいだろうか。

私は、少したてつけが悪いのか、襖が歪《ゆが》んでいるのか、ごく細く開いた隙間《すきま》から、玄関の方を覗いていた。

マチ子は、昼間のあの少女の顔ではなく、疲れた「大人」のようだった。

「今の撮影がすめば行くわ」

と、マチ子が少し穏やかな口調で言った。

「そうね……。お風呂に入る？」

照代の言葉にマチ子は首を振って、

「入って来たから、いい」

と言った。

入って来たから……。何気ない言葉に、マチ子の痛みがにじんできた。

玄関先でマチ子にキスしていた男――それは、マチ子の「父親」のはずの、久田だったのだ。

「これ……」

マチ子がバッグから何かを取り出して、母親へ渡す。

「ありがとう。――ありがとう」

と、照代が拝むように両手で受け取った封筒。

マチ子は、

「お茶漬でも一杯、食べたいな」

と言って、茶の間へ入って行く。

「すぐ作るわ。着替えておいで」

「うん」

マチ子は、本当はお茶漬なんてどうでもいいのだ。母親に何か「させてあげる」ことで、少しでも気を楽にさせたいのだ。

私は、照代が廊下を少し奥の方へやって来て、封筒の中身を確かめるのを――一万円札を数えるのを見ていた。

照代はすぐに封筒を持って台所へと姿を消した。

私は、そっと布団へ戻った。

マチ子と照代の会話は、もう聞こえて来なかったが、私はショックを受けていた。

マチ子は久田の娘ではないのだろうか？　もし娘なら、父親の身で、娘を抱いているということか？

ゾッとするような話だ。もちろん、世間にそんなひどい話もないわけではない。でも、マチ子と照代が、そんな暮しを我慢しているのも不自然に思えた。

久田は、阿部照代とマチ子の二人の面倒をみている内、母親から、次第に「女」になっていく娘の方へ興味を移したのかもしれない。

でも――それがマチ子にとって、どんな苦しみか。

私は、撮影所でのドラマ以上に暗く、重いドラマを見てしまった興奮に、なおしばらく眠れなかった。


それでも、二時間ほどは眠ったのだろうか。

朝七時過ぎに、

「起きて！　朝だよ！」

というマチ子の元気な声に起されたときには、たっぷり睡眠をとった後のような、爽やかな目覚めを迎えたのだった。

「――もう、明日はスターだね」

と、朝ご飯をいただきながら、マチ子に言われて、

「幻のスターに終るかも」

と、私は冗談めかして言った。

照代は、ほとんど眠っていないのだろうが、そういう暮しに慣れていることを感じさせた。いつもと同じ、淡々とした様子。

「もうお迎えが来るわ」

と、時計を見て言った照代は、玄関の方から、

「おはよう！」

という宮崎の元気な声を聞いて、

「ほらね」

と、いたずらっぽく笑った。

「——さあ、二日目だ」

と、私は言って、お茶をガブリと飲み干した。

10　怒り

母が——いや、浅倉しのぶが居間へ入ってくる。

正確には、入ってくるのは浅倉しのぶでもない。この映画、「桜の坂」のヒロイン、桜木淳子だ。

ソファに浅く腰をかけ、背筋を真直ぐに伸していた私は、〈桜木淳子〉が入ってくると、無意識に立ち上っている。

私を眺め回す母の視線は、好奇心と反発心の入り混じった、刺すような鋭さを持っていた。

「あなたが?」

と、しのぶが言う。

「——幸子です」

お母さん、と呼びかけてしまいそうな、そんな意識の下の動揺は、表へ出ることがなかった。

そこには母はいなかった。女優、浅倉しのぶが、そこにいた。

「私、淳子よ」

母親の違う、異母姉妹。——父親の死後、初めてその存在を知った淳子が、幸子を屋敷へ招《よ》ぶ。

「『幸子』っていう名は、誰がつけたの?」

「父——桜木さんがつけて下さったと聞いています」

と、私は言った。「母はそう言っていました」

「そう……。自分の子供たちにも、『幸い』なんて字をつけなかったのにね」

しのぶは、少し自分の気持を持て余すように、「うちのことは、何か聞いている?」

「あまり……詳しいことは。特に、この一、二年は私が一人暮しをしていたものですから」

セリフは自然な勢いで出て来た。

「父は、とても家庭思いの人だったの。その父が——外に子供を作っていたなんてね。あなたが悪いわけじゃないけど、私たちにとってはショックなの。分るでしょう?」

しのぶは、居間のセットの中を、ゆっくりと行きつ戻りつしながら、「——私たちは平凡な家庭だった。父と母と、子供たち……。その家庭が、突然崩れてしまったの。——分る? 父が、あなたやあなたのお母さんの存在を、十何年もの間、隠していた。そのことが、私たちにとって、どんなに大きな裏切りだったか――」

しのぶのセリフは、そこまで淀《よど》みなく、しかも、本当に「今初めて」ここで気持を言葉にしているように語られていた。

私とのやりとりは、スタッフの間にも緊張を生んでいた。快い緊張、うまくいっているときの快感を。

そのときだった。

突然、スタジオの全く別の方向から、笑い声が響いたのだ。

誰もが飛び上らんばかりにびっくりした。

しのぶが立ち止り、セリフが途切れる。そして、スタジオの中に、

「誰だ！」

という永原の激しい怒りの声が響き渡ったのである。

一瞬ざわついて、でもすぐに笑い声を上げたのが誰か分った。

しのぶの顔から血の気がひいた。

笑いを浮かべた顔を赤くして、カメラの方へ近寄って来たのは、浅倉紳一――しのぶの兄だったのだ。

「出てってくれ」

と、永原が怒りを抑えて言った。

「すみません！　気が付かなくて」

と言ったのは、しのぶの付き人、安田信江だった。

「笑わずにいられるか」

と、浅倉紳一が大声で言った。「大真面目《まじめ》な顔で、『私たちは平凡な家庭でした』なんて、よく言えるもんだな！　自分の親のことを思い出してみろ。スター面《づら》しやがって！　誰のおかげでそこまででかくなったと思ってるんだ」

しのぶが体を震わせているのが、私には分った。――危い、と思った。

止める間はなかった。

突然、しのぶがセットのテーブルから重い灰皿を取り上げると、兄へ向って、投げつけた。それは、あわててよけた紳一の頭のわきをかすめて飛んで行き、ライトの一つに当った。

「よせ！」

と、宮崎が飛び出して来た。

しのぶがセットから飛び下りると、紳一へ向って突っ込んで行ったのだ。

「やめなさい！」

宮崎がしのぶを辛うじて捕まえると、「早く、そいつを出せ！」

と怒鳴る。

助監督たちが数人、駆けてくると、紳一の腕をつかんで、出口の方へ引張って行く。

「何しやがる！」

と、紳一が怒鳴ったのは、妹に向ってだった。「恩知らずめ！」

宮崎に押えられたしのぶも、

「二度と顔を出さないで！」

と、叫んだ。「今度こんなことをやったら、殺してやるから！」

「殺せるもんならやってみろ！」

二人の応酬は、紳一がスタジオの外へ連れ出されて終ったが、しのぶは激しく肩で息をして、そのまま立ち尽くしていた。

宮崎が、慰めるようにしのぶの肩を軽くつかんで、

「監督――」

と永原の方を見る。

「うん」

永原は、しのぶが立ったまま涙をこぼしているのを見て、怒りはおさまったらしい。

「――うまくいってたが、残念だった」

私はセットの中にいた。

「ひとみ君。――今のでいいんだ。凄《すご》くうまくいっていたよ」

「ありがとうございます」

「もうじき昼だ。——昼飯にしよう。午後一番で、今のシーン、もう一回やろう」

ライトが落ちて、私はフッと夢からさめたような気持になった。

セットから下りると、マチ子がやって来た。

「あ、見てたの？」

「見逃せないよ」

午前中で出番のすんだマチ子だが、どうやら目立たない所で撮影をずっと見ていたらしい。

「凄いね、ひとみ。全然ひけを取ってない」

「ありがと。でも内心ヒヤヒヤもの」

クラスメイトの役をやっている内に、二人ともすっかり打ち解けていた。

「お昼、またカレー？」

と、私は宮崎へ声をかけた。

「いや、上出来だったから、何かおごろう」

「へえ、珍しい。じゃ、あんまり高いもの頼んだら悪いね」

私はマチ子と腕を組んで、宮崎と一緒にスタジオを出た。

出るときに、ふとセットの方を振り返る。——母が、まだあのまま固く拳を握りしめて立っていた。

付き人の信江が、話しかけたものかどうか、迷っている様子だ。

私はマチ子と外へ出て、

「大丈夫かな」

「放っておく方がいいんだ」

と、宮崎が言った。「さ、行こう」

私たちは、撮影所内の食堂へと向った。

それにしても——私にはふしぎだった。

あの浅倉紳一という伯父のことなど、母から全く聞いた憶《おぼ》えがない。

それに、兄弟にそういう「遊び人」がいることは、珍しくもないだろう。むしろ、スターの宿命みたいなものと思った方がいいのかもしれない。

それなのに、なぜ私の耳に、伯父の存在すら届いて来なかったのだろう？

この後、母と伯父の間に何があったのか。——それはもちろん私には知りようのないことだった。

カレーではない、というだけで、値段も大して変らない〈定食〉を食べながら、私はマチ子の明るい笑顔にそっと見入っていた。

ゆうべの——というか、今朝のあのマチ子とは別人のような、「少女らしい」明るさ。でも、見間違いようも、誤解しようもないあの久田とのキスを見ていた私には、マチ子がこうして明るく振舞っている姿が痛々しく映る。

誰しも、何かの意味で「不幸」を背負っていない者はいない。——私はそう思っている。あの、ひたすら明るい母との暮しの中で、どうしてこんな人生観が身についたのやら。——それとも、知らない内に、私は母の持つ「哀《かな》しみ」を感じていたのだろうか……。

「——しのぶさん、来ないね」

と、マチ子が言った。

「ここへは来たくないだろう」

宮崎が肯《うなず》いて、「みんなに迷惑かけたと思ってるだろうからな」

「しのぶさんのせいじゃないのに」

マチ子が少し腹立たしげに言う。

でも、私がもし母の立場なら、どこかへ逃げてしまっていたかもしれない。

「監督もいないね」

と、私は言った。

「三枝さんと話してるよ」

と、宮崎は言った。「お茶、飲む？」

「ありがとう……。先は長いね」

「それでも、いつか終るよ。ふしぎなことにね」

宮崎がそう言っていると、ちょうど永原と三枝が食堂へ入って来た。

「――やあ、好調だってね」

三枝が私の肩を少しなれなれしく叩《たた》いた。

「今、三枝君と話したんだが……」

と、永原が椅子を引いてかけると、

「ひとみ君のことを、取りあえずマスコミには伏せておくことにしようと思うんだ」

「どうしてですか?」

と、宮崎がふしぎそうに、「話題作りには絶好だと思いますがね」

「問題は時間だ」

と、永原は言った。「これから、撮影のスケジュールはかなりきつくなる。特にひとみ君に関してはなおさらだ。――ひとみ君としては初めてだし、セットが一段落したらロケもある。それと並行して、マスコミに出ていくのは、忙し過ぎる」

永原の言うことは、私にも分った。

「だから、三枝君の方からは、『謎《なぞ》の新人スター』ということにして、一切情報を流さない。むしろ、そうやって話題作りをしようというわけだ」

「撮影が終ったら、もちろん一気にあちこちでPRする」

三枝は、本当のところ永原のやり方に賛成できないらしい。

むしろ、TVや雑誌にもどんどんのせたいところを、永原にストップをかけられ、渋々従っている、というのが実情だろう。

「分りました」

と、私は言った。「そうして下さった方がありがたいです。現場に慣れるだけでも大変ですし」

「そうそう。まず、いい芝居をしてもらうことが第一だ」

と、永原は私の言葉にホッとした様子だった。

こんな巨匠が、私のような新人の言葉に喜んでいる、というのが面白く思えた。

でも、これは理屈に合っていることかもしれない。つまり、もしこの撮影中に私が「消えて」しまうことがあったとしても、そのデータはマスコミには一切ないわけだ。

「謎の新人女優」は謎のまま終る。――私は少しホッとすると同時に、どこかでがっかりしている自分を感じていた。

いやだ！　私も母のような「目立ちたがり」の血を引いているのかしら？

昼食を終って、スタジオへ戻ると、セットに浅倉しのぶの姿があって、私はびっくりした。

セットの中をぶらぶらと歩きながら、台本を見ている。

「――ひとみさん」

と、付き人の信江がそっと近付いて来て、「すみません、ちょっと」

「はい」

私は、手を引かれて、スタジオの隅に連れて行かれた。

「しのぶさん、大丈夫ですか？」

「ええ。でも、まだずいぶんピリピリしてるんです」

「そうでしょうね」

「ひとみさん。あなたはまだ新人だし……。こんなこと聞いたら怒ってしまわれるかもしれませんけど――」

と、信江は口ごもる。

「何でしょうか」

「しのぶさんは――自分が迷惑をかけたとは絶対に言わないと思うんです。そういうところがあの人の困ったとこなんですけど」

「ああ……。でも、分ります」

何しろこっちは、そのスターと十七年間お付合いして来たのだ。

「気を悪くしないで下さいね。何もなかったような顔をしてると思いますけど。内心はとても傷ついて、申しわけなく思ってるんです」

「分りました」

と、私は言った。

スタジオに、

「ねえ！　新人さんはどこにいるの？」

と、当のしのぶの声が響いた。

「分りましたから、心配しないで下さい」

と言って、私は急いでセットへと戻って行った。

「ここです。今、上ります」

「早くしましょ。今夜も夜中になっちゃうわ」

本当に、何もなかったように平然としているしのぶに、私はいささかびっくりした。

「待って、メーク」

と、宮崎が声をかける。

メークの人が駆けて来て、私の顔や髪の毛を少し直してくれる。

「――じゃ、テストいきます」

と、声がかかる。

私は、組まれたセットに上った。

――映画のスタジオは、TVと違って、下は土である。だから埃《ほこり》っぽいし、冬は底冷えがする。――もっともそれは母から聞いた話だが。

映画のセットは、地面の上に荷重《にじゅう》という土台を組んで、その上に建てられる。フィルムに映るセットはTVのようにドアを閉めると壁が揺れるようなちゃちなものではなく、叩いてもけってもびくともしない頑丈なものでなければならないのだ。

――こんな専門的なことも、私は母から聞いていたのだろう。いつ、どんなときに話を聞いたものか憶えていないが、たぶんそういうことが頭の中に残っていたのは、私自身、関心を持っていたせいだろう。

「――それじゃ、よろしくお願いします」

私は、しのぶへ頭を下げた。

「そうね。さっきは少し思い入れが強過ぎたわよ、あなた」

と、しのぶが言った。「どうせやり直さなきゃと思ってたの」

私は唖然《あぜん》とした。

自分が謝りたくないからといって、私のせいにするなんて！

「こういう性格は変ってない」

と、つい呟《つぶや》いていた。

「え？」

「何でもありません」

私は、ソファに腰をおろし、監督の声がかかるのを待った。

11　名　優

「お疲れさま」

という声が飛び交う。

「今日は監督が賞をもらいに行くんで、午前中で終り」

と聞いていたので、スタッフも楽しそうにやっていた。

それでも、十二時までの予定が、十二時四十分までＯＫが出ず、

「急がないと授賞式に間に合いませんよ！」

と、永原をせかして、三枝がそのまま車に押し込んで行った。

「あの格好で賞、もらうの？」

と、車が走り去るのを見送って私が訊《き》くと、

「いや、車の中にタキシード一式、置いてあるんだよ」

と、宮崎が言った。「車の中で着替えるんだろ、時間ないからな」

私は、狭い車内で、大柄な永原が苦労しながらタキシードに着替えているところを想像

して、笑いをかみ殺した。

「ひとみちゃん」

と、スクリプターの野神明代がやって来て、

「ちょっと写真、とらせて」

小型のフルオートカメラを取り出す。

「はい、どっち向きで？」

「正面、次に後ろ。あと真横もとっとくか、一応」

「刑務所にでも入るみたいだ」

と、私は言った。

「ロケに出ると、スタンドインを使う場面があるでしょ。眼や髪型、今の場面と同じだから」

「スタンドイン？」

「代役だよ」

と、宮崎が言った。

「うん、それは知ってるけど……。そんな所あったっけ？」

「ほら、君が車ごと川へ飛び込むじゃないか。車が流されて、君が脱《ぬ》け出してくる」

「ああ……。あれ、スタントの方《かた》がやってくれるの？」

「もちろんさ。君、自分でやるつもりだったのか?」

「いいえ、やりたいってわけじゃないけど……。でも、私、脱け出して顔を出したり、何か叫ぶんじゃなかった?　どうするの?」

「それはアップの別撮りのカットを入れて、うまく処理する」

「やる気でいたのね?　若いわねえ」

と、明代が私の髪の後ろを写真におさめている。

「そりゃ、永原さんだって、本人にやらせたいさ。でも、もし事故でもあって、君が撮影を休まなきゃいけなくなったら、すべて狂ってくる。そんな危険は冒せないよ」

宮崎の言うことももっともだった。

私も台本を読んでいて、

「この場面、どうするんだろう?」

と首をかしげていたのである。

「午後は何かあるの?」

と、私は宮崎に訊いた。

「いや、少し早く帰って寝るといいよ。このところ、毎日二、三時間だろ、睡眠?」

たしかにそうだった。でも、初めの緊張感と興奮は、十日たった今でも消えていなかった。

セットでの撮影はあと二、三日で一旦終り、ロケが待っている。——それはそれで、私にとっては楽しみだった。

「送ろうか」

と、宮崎が言った。

「いいわ。今日は少し買物して帰りたいの。色々ほしい物があるのに、いつもお店の開いている時間に帰れないんだもの」

「それはそうだな」

私は、宮崎を通して、三枝から出演料の一部を前払いしてもらっていた。何しろ、こっちの世界へ来てからは、「一文無し」なのだから!

とりあえず、少し手もとにお金があると、やはり安心する。

撮影所を出るとき、守衛さんに会釈する。

「ご苦労さん」

と、ていねいに挨拶《あいさつ》を返してくれるのが、とてもいい気持だった。

門を出て、バス停の方へと歩き出すと、車のクラクションが鳴った。

振り向くと、今まで同じシーンに出ていた多田竜ノ介が運転席から顔を出している。

「やあ、乗ってかないか？　送るよ」

私は、宮崎に言われたことを忘れているわけではなかった。

「買物があるんです。スーパーに寄らないといけないんで」

「駅前の？　じゃそこまで送ろう」

そう言われると、いやとは言いにくい。

私は、

「それじゃ、乗せていただきます」

と言って、助手席の方へ回った。

「――昼食は？　買物なら、昼食の後でも間に合うだろう」

どうせ乗ってしまったのだ。私も、いくら十七とはいえ浅倉しのぶの娘である。男を怖がって近づかないというのでは、生きていても面白くない。

「それじゃ、ごちそうになってもいいですか？　私、貧乏なんで」

多田は笑って、

「君はふしぎな子だね」

と言った。「静かな店を知ってるんだ。よし、Uターンするぞ」

車が少ないので、強引にUターンして、車は撮影所の門の前を通ってそのまま静かな住宅街へ入って行く。

「この辺も、撮影所ができたころはずっと田んぼだったんだよ」

と、多田は住宅地の中、車を走らせながら言った。「ちょっとした時代劇のロケなら、この辺でもできたくらいだ」

「嘘《うそ》みたいですね」

今は、空地もなくびっしりと住宅が並んでいる。

「そうだ、あの正門にいるじいさん、知ってるだろ?」

「守衛さんですね」

「うん。あいつはよく時代劇に出てた斬《き》られ役でね。ずいぶん沢山の映画に顔を出してるんだよ。年齢《とし》をとって、守衛に雇われてね」

「そうですか……」

私は、何だかふしぎな気がした。

多田は、あの守衛の「過去」を語っている。でも、今から——たぶん十年としない内に、多田自身も命を失うことになるのだ。

私は多田が正確にいつ死んだか、どうして死んだか知らない。でも、今、車を気持良さそうに運転している多田の端整な横顔には、中年の色気とでもいったものがにじみ出ていて、そして多田自身、自分が女を魅了していることを承知していた。

そのどこにも死の影は忍び寄っていない。

——まだ。

「何か僕の顔についてる?」

「あ、いえ……」

と、微笑《ほほえ》んで、「見つめられるのには慣れてらっしゃるでしょ」

「おいおい」

と、多田は笑って、「二枚目は映画の中だけだ。外へ出ると、これが情ないほどもてないんだよ」

「本当？」

「ああ。――もう五十だからね。若い子はやはり若い人同士さ」

しかし、多田は何といっても、優れた役者だった。――私はむろん、他の人の演技にあれこれ言える身ではないが、永原の演出を見ていても、多田に関してはほとんど注文を出すことはなかった。

それは、多田への信頼があるからだ。確かに、多田は相手の演技が変れば、いくらでもニュアンスを変えた演技ができる。実際に一つの場面に出てみて、私はその凄さに舌を巻いた。

「――さあ、ここだ」

車が停った。

一見、普通の住宅かと思える作りの、小さなレストランである。中は、よそ行きのお洒落《しゃれ》をした主婦たちでにぎわっていた。

店のオーナーとは親しいらしく、多田と私はすぐに奥のテーブルに案内された。目ざとい女性客が、

「ね、多田竜ノ介」

と、小声で言い交わしているのが聞こえてくる。

「――ランチにしよう」

と、多田はオーナーに言った。「任せるよ」

オーナーは初老の上品な女性である。

「すてきな人ですね」

と、私は同じメニューで、と頼んでおいて、多田に言った。

「そうだろ？　僕もあの人とおしゃべりするのが楽しくてね、よくここへ来る」

多田はナプキンを取って膝《ひざ》へ広げた。

「しかし、君はふしぎな子らしいね。どこから来て、どこへ行くのか」

多田の視線は好奇心一杯に私を見つめている。

「大した所じゃありませんよ」

と、私は言った。

「君は血筋に誰か役者さんがいるだろう」

「――どうして」

「君の芝居を見ていると、勘の良さを感じるんだ。それはね、ただ何年もやってりゃ身につくってものじゃない」

「でも、まだセリフをちゃんとしゃべるのがやっとですよ」

「そういうことじゃないんだ。たとえばさっき僕が絵を見ているシーンがあったろ？　あそこで、君はごく自然に、監督に何も言われてないのに、僕と絵と、両方が見える位置へ動いた。ああいう反応ができるっていうのが、勘の良さなんだ」

「何も考えてませんでした。ただ、中の『幸子』になっていると、自然にそうしてしまうんです」

「それが血筋というものなんだよ、君はどこかの名優の落し子かな」

「さあ、どうでしょう」

と、私は笑って言った。

食事の間も、多田は撮影の色々なエピソードを話してくれて、飽かせなかった。

でも、多田の声はよく通り、他のテーブルへも聞こえてしまいそうなので、固有名詞は出さないように気をつかっていた。

――私たちがデザートを食べるころになると、他のテーブルの客はみんな出てしまって、レストランの中は、少し広めのダイニングルームという気分だった。

「――どうだね、〈お姫様〉との共演は」

それが母のことだと分るのに、少しかかった。同時に、私はこの人よりずっとあの人のことを知っているのだと思うと、何となく愉快だった。

「よく分りませんけど……」

と、私はとりあえず逃げることにして、「多田さんから見ると、しのぶさんって、どうですか？」

多田は真顔で、

「女優として？　恋人として？」

と訊いた。

そして、目を丸くしている私に、

「冗談だよ」

と笑った。

「びっくりした！」

もしかしたら、多田が私の父親？――一瞬そう考えてしまった。

「彼女はスターだ」

多田は、微妙な言い方をした。「だがね。昔のスターは、みんなそれなりにスターの重荷を背負って、必死で役者になろうと頑張っていた。今は違う。――今のスターは、ただ可愛いってだけで甘やかされ、セリフを憶えて来たってだけで『努力家』と言われ、監督に言われた通りにやっただけで『天才』と言われる」

　皮肉な言葉を、多田はさりげなく言う。それがまた鋭い印象を与える。

「じゃ、しのぶさんも？」

「いや、しのぶ君は今どき珍しい、昔風のスターだ。自分がスターだということに、後ろめたさを感じている。だから、あんなに頑張るんだ」

「演技は？」

「天才じゃない。しかし、必死で食らいついてくる。あの粘りは凄い」

　多田も、こと演技に関しては冗談を言わない。それが多田自身の「凄さ」を感じさせた。

「じゃ、いい女優になりそうですか」

「もうなってる、と本人は思ってるだろう。実際はまだこれからだが、きっとなれるだろうね」

　私は、多田のその言葉が嬉《うれ》しかった。

「しかし、一方で、やはり『スター気取り』があってね。あれが困りもんだが、しかし、人間、誰しもそういう欠点は持ってる」

「そうですね」

「それに、しのぶ君は苦労人だ。それが演技を厚くしている」

「苦労って……実生活で、ってことですか」

多田は肯いて、

「あのスタジオでの騒ぎ、憶えてるだろ?」

「お兄さんとかいう人の……」

「そうだ。しのぶ君を映画界へ入れたのは、確かにあの人なんだ。しかし、彼女がスターになると、もう働かずに、食いものにして生きることばかり考えてる」

「どうしてそんなことに……」

「親が早く亡くなったようだね」

と、多田は言った。「僕もその辺のことは詳しく知らない。兄と妹の二人で、ずいぶん辛い思いもしたらしい」

意外な話だった。

「しかし、映画関係者も悪いんだ。しのぶ君がスターになると、彼女を引張り出そうとして、兄の方へ接待攻勢をかけた。毎晩、おだてられ、持ち上げられ、好きなだけ飲んでりゃ、人間、おかしくなるよ」

私は肯いた。――しかし、あの浅倉紳一の騒ぎようは、当り前のケンカとは次元が違う気がした。

「――ごちそうさまでした」

と、私はコーヒーを飲み終えて、礼を言った。

「おいしかったかい？」

「はい。こんなもの、食べたことありません」

「良かったら、また来よう」

と、多田は微笑んだ。

——レストランから、駅前のスーパーまで五分ほど車で走った。

「その信号の向うだ」

「すみません、送っていただいて」

「信号を越えたら、わきへ寄せて停めるからね」

多田はそう言って、「そういえば、今度、川へ落ちた車から逃げ出すシーンがあるね」

「はい。スタンドインがやるって聞きましたけど……。自分でやるって言うべきでしょうか」

多田はニヤリと笑って、

「永原さんは、そう言われたら喜ぶだろうね。——できることなら、車が落ちて、君が脱出してくるシーンを、ワンカットで撮りたいはずだ」

私はその瞬間決心していた。

スタンドインを使わず、自分でやろう、と……。

「——ありがとうございました」

車が停り、私はドアのロックを外した。

「じゃ、今度はロケだな、僕の出番は」

「はい」

多田が、スッと顔を近付けて来て——私の唇にキスしていた。

「気を付けて」

私は、多田の車を見送って——思わず、

「キスの名人」

と、呟いていた。

12　光と影

車の音がしたのは、午前二時を少し回ったころだった。

私は、ボストンバッグに着替えや歯ブラシなど、必要な物を詰め終ったところで、

「忘れ物はないかな、と……」

と、ひとり言を言っていた。

車の音。——マチ子が帰ったのだろうか。

私は奥の部屋へ入って、窓のカーテンを細く開けてみた。

すると、マチ子がいきなり駆けて来たのである。そして、玄関の手前でつまずいたのか、前のめりに転んだ。

見ていてハッとするほどの勢いだった。

しかし、それだけではなかった。

マチ子を追って、久田が現われたのだ。

久田は、マチ子の腕を乱暴につかむと、引張って立たせ、

「俺から逃げるつもりか！」

と怒鳴った。

「痛い！　放して！」

と、マチ子が押えた声で言った。

「お前は俺から逃げられやしないんだ！」

と、久田は恐ろしい形相で言うと、平手でマチ子の顔を打った。

マチ子の体が大きく揺れるほどの力だった。私も、見ていられなかった。

急いで玄関へ飛んで行くと、ガラッと戸を開けて、

「夜中ですよ」

と言った。

久田がびっくりしたように目を上げて私を見ると、大きく息をついて、

「——すまん」

と言った。

久田の顔からは、さっきの凶暴な表情が消えていた。

「それじゃ……」

久田が戻って行く。

「マチ子。——入って」

私は、マチ子の手を取って、中へ入れた。

濡《ぬ》れたタオルを渡してやると、マチ子は赤く手の跡の残った頰《ほお》へ当てて、痛そうに顔をしかめた。

「――大丈夫？」

「うん……。ひとみ、明日早いんでしょ」

「どうせ今仕度してたところ」

と、私は言った。

今日、マチ子の母親、阿部照代は、親類の法事で留守にしていた。私は明日、ロケに発つところである。

「マチ子……。どうしてあんなことになってるの？」

と、私は言った。「訊《き》いちゃいけないことなのかもしれないけど……」

「訊かないで」

と、マチ子は首を振った。「色んなことがあるのよ」

「一つだけ教えて」

と、私は言った。「久田さんは、本当にあなたのお父さんなの？」

それは、マチ子が一番訊いてほしくないことだったかもしれない。

マチ子は、しばらく黙っていた。――私はその沈黙だけで、充分に答えを聞いたような気がして、「もういい」と言おうとしたが——。

「ええ、そうよ」

と、マチ子は言った。「あの人は私の父親よ。そうでなかったら、あんなに殴ったりしないでしょ」

私は何とも言えなかった。

もし本当の父親だとしたら、この前、玄関前でマチ子にキスしていたのはどういうことなのか。

もちろん私は何も言わなかった。何が真実であるにしても、マチ子自身の口から聞くことは、あまりに辛く、重すぎる、としか言えなかった。

「——いよいよロケね」

マチ子の方が、明るい笑顔を作って、話題を変えた。「頑張ってね」

「うん……。マチ子も行けると良かったのにね」

「出番もないのに？　それに私、少しは学校へも行かなくちゃ」

「マチ子——。大丈夫？」

「うん、大丈夫よ。もう痛くない」

マチ子はわざと頰の痛みのことだけに限って返事をした。私が訊いていることの意味が分らないわけはないが。

「——ひとみ、多田さんとデートしてたって?」

マチ子の方が逆に訊いて来た。

「え?」

「撮影所の辺りは、関係者の人、大勢住んでるから、誰かに見られてるのよ」

「デートじゃないわ。ランチを食べただけよ!」

「でも、多田さんって有名なプレイボーイだから」

「そうかも……。でも分るわ。あれほどの役者さんって、そういないわよ」

マチ子は肯いて、

「そうかもしれないね。——私は、もちろん、演技のことなんか分らないけど、あの人の映画見てると、これがこの人の遺作かなって思っちゃう」

私は思わずマチ子を見て、

「遺作って……」

「うん、変な言い方だよね。分ってるんだけど、いつもね、この人はこれが最後の一本になるかもしれないと思いながら演技してるな、って気がするの」

マチ子の目は鋭い。——私は、多田の命がこの先、そう長くないことを知っている。でも、何も知らないはずのマチ子が、そう感じているのだ。

私は、マチ子に何かふしぎな直感のようなものが働くのかもしれないと思った。

「さあ、私、お風呂に入ろうかな！」

マチ子は、明るい口調で言った。


翌朝は、宮崎が私を迎えに来ることになっていた。

ロケの出発は早くて、たいてい朝の六時、七時という時間だ。——日帰りならもっと早く、暗い内に出発するということもある。

今回のロケでは山のロッジに一週間泊るので、却《かえ》って体は楽だと言われていた。

「おはよう」

宮崎がタクシーで迎えに来る。「仕度はできてる？」

「うん」

私はもう三十分も前から、準備万端整えていた。

「じゃ、出かけよう。バスの待ち合せ場所には、ちょうど間に合う」

「待ってて」

私は、二階へ上って、マチ子の部屋を覗《のぞ》いた。

マチ子はぐっすりと眠っている。——いや本当はどうなのかよく分らないが、私はあえて起さないことにした。

玄関の鍵も預かっている。黙って出て行った方がいいだろう。

ボストンバッグは宮崎が持ってくれた。

タクシーに乗って、走り出すと、私はチラリと家の方を振り返った。

二階の窓が一瞬目に入ったが、そのカーテンが揺れているように見えたのは、錯覚だったろうか？

「——ロケはロケで、色々疲れることもある。それに、撮影が、スタジオに比べると、邪魔の入ることが多いから、みんな苛々《いらいら》するよ」

と、宮崎が言った。

「それも経験ね」

「まあそうだ」

タクシーが曲り角で一旦停止した。

私はなぜだかもう一度マチ子の家の方を振り返っていた。

——ちょうど、他の家の間から、マチ子の家が見える。

「どうしたんだい？」

と、宮崎に訊かれて、

「別に……」

と答えたものの、その実、私はなぜだか、あの家を見るのがもうこれで最後になるような気がしていたのである……。

バスの窓を開けると、木々の匂《にお》いを含んだ爽やかな風が吹き込んでくる。

私は、思い切り山の空気を吸い込んだ。

――ロケバスは、山腹をうねる自動車道路を、右へ左へカーブをくり返しながら上って行く。

私は、途中大分眠っていたので、バスが山道にさしかかった辺りでは、もうすっかり目が覚めていた。

「ひとみちゃん」

と、スクリプターの野神明代が座席の間をやって来て、「おにぎり、食べる?」

「あ、いえ、結構です」

と、私は言った。

「しっかり、ちゃんと食べとかないと、ロケでばてるわよ、いくら若いっていってもスーパーマンじゃないんだから」

「じゃ、後でいただきます」

――ロケバスは主なスタッフを乗せて山道を走っている。

もちろん「スター」は別だ。

浅倉しのぶは、永原監督と同じ車でこっちへ向っているはずだ。

多田は自分で車を運転してくる。――本当は事故を起されても困るから、ハイヤーを回すらしいが、多田は嫌って乗らないのだった。

「――どうだい」

宮崎が隣の席へやって来た。

「気持いいわ。あとどれくらい？」

「二十分ってとこかな」

「そう。――例の、車ごと川へ突っ込むのはどこで撮るの？」

「この先に谷がある。その辺りの、川幅が広くて、深さも充分にある所さ」

「私、自分でやろうかな」

宮崎は苦笑して、

「聞いてるよ。永原さんに申し出たって？」

「なあんだ。知ってたのか」

「永原さんが悩んでたよ。君にやらせたいんだろうし、といって、万一けがでもされたら大変だし」

「大丈夫よ。車が真逆様にでもならない限り」

「呑気《のんき》だなあ。――ともかく、向うへ着いて、川の様子を見て決める」

それもそうだ。

いい気になって、「やります！」と言っておいて、実際の川が凄い急流だったらどうしよう？

やはり、「百聞は一見にしかず」でいくしかなさそうだ。

——バスの前の方で、甲高い笑い声が上った。

「宮崎さん、あの人、誰？」

と、私は小声で訊いてみた。

「あのけたたましいの？　新人でね。会社の方から何かに使ってくれと頼まれてるんだ」

と、宮崎は小声で、「あれでも女子大生なんだ」

バスに乗るとき、初めてその女子大生を見たのだが、何とも珍妙な、少女マンガ風のドレスを着込み、髪も赤く染めて、目立つことは確かだった。

「——何の役で出るの？」

「さあ……。永原さんも困ってね。とりあえずロケに連れて来たのさ。その内、何か役ができるかもしれない」

前の方からは、

「ねえねえ！　ミネにもちょうだい！」

と、スタッフの男の子に甘ったれた声を出しているのが聞こえてくる。

ただ……私は、どうもその女子大生に会ったことがあるような気がして、ならないのだ。

でも、そんなことってあるだろうか？

「わあ、凄いメガネ！」

その女子大生が、スタッフの一人のメガネを取り上げてしまうと、「度が強い！　私、こんなものかけたら、何も見えないわ」

と、ふざけてメガネをかけ、通路を後ろの方へやって来た。

「おい、気を付けろよ」

と、宮崎が言った。「バスが揺れると、転ぶぞ」

「まあ、やさしいのね！　私のこと、心配してくれるの？」

「そうじゃない。転んだ拍子に、人のメガネを壊すなよ、って言ってるんだ」

「まあひどい」

と、その女子大生は口を尖《とが》らして見せ、「この人が新人の――何とかさんね」

「浅野ひとみ君だ」

私はその女子大生に、小さく会釈して見せた。

「初めまして！　私も、いつかあなたみたいに華々しくデビューして見せるわ！」

と、大げさに胸に手を当て、「どうぞよろしく！　私、谷中ミネ子」

谷中……ミネ子？

メガネをかけたその顔。――私は思わず、

しかし、その拍子に、バスが大きくカーブして、本当にその女子大生が尻《しり》もちをついてしまったので、私の驚きは、他の人の注意をひかなかった。

「ほら見ろ。だから言ったじゃないか」

と、宮崎が手を伸し、女子大生の手を引いて、立たせる。

「お尻が痛い……。あざになったかしら」

「おとなしく座ってろよ。メガネをちゃんと返してね」

「はあい」

と、女子大生はバスの前の方へ戻って行った……。

「全くもう……。どうした？」

宮崎に訊かれて、私はやっと我に返った。

「あ……。いえ、何でもないです」

——信じられない！

あの派手な女子大生。——谷中ミネ子？

でも間違いない。メガネをかけたあの顔。

あの「スター志願」の女子大生は、十八年後の私の担任教師だったのである。

バスがロッジの前に着いたのは、もう夕方近かった。

宮崎の「二十分」は、実は「二時間」くらいかかったのだ。

「――やあ」

バスを降りると、永原が先に着いていて、出迎えてくれた。「疲れたかい?」

「いいえ、体が少しこわばっているだけです」

と、私は言った。「今夜からですか?」

「いや、明日からだよ」

と、永原は笑って、「中へ入ろう。荷物は宮崎が運んでくれる」

肩を、監督の大きな手が抱く。

ロッジといっても、洒落たホテルという感じで、ロビーも広々としていた。

ロビーには、多田ももう座っている。

三枝プロデューサー、そして浅倉しのぶ……。

「山根君は仕事で明日からだ」

と、永原が私にソファをすすめ、自分は丸太を組んだ長椅子に腰をおろした。

「――ロケも、かなりスケジュールは混んでる」

と、三枝が言った。「かなりきついと思いますが、何とか一週間で上げて下さい」

「お天気は良さそう」

と、スクリプターの野神明代が言った。「ただ、山の天気ですから、変りやすいけど」

「川の方は？」

と、多田が訊いた。

「さっき見て来た」

永原が言った。「水量は普通。しかし、流れはかなり速い」

多田も永原も、私に向って言っているのだということは分っていた。

「私、やります」

と、さりげなく言った。

三枝はもう永原から聞いていたのだろう、渋い顔をしたが、何も言わなかった。

「頼む」

と、永原は肯いて、「車から抜け出す君からずっとカメラを引いて、流れ全体を撮りたい。細切《こまぎ》れにするのでは出ない迫力が出る」

「大丈夫です」

「安全は充分に考えるからね」

永原は、宮崎の方へ、「頼むぞ、おい」

と、声をかけた。

「いざとなりゃ、僕が代りに溺《おぼ》れても、彼女を助けますよ」

宮崎の言葉は、たぶん冗談ではないのだろう。

その証拠に、誰も笑わなかったのだ……。

13　夜は眠らず

夕食は七時と聞かされていたので、私は五分前にロビーへ下りて行った。

「やあ」

多田がソファで新聞を広げていた。

「皆さん、まだですか」

「君――ああ、そうか」

多田は新聞を閉じると、「監督はともかく『お姫様』や主役クラスは、自分の部屋で食べる者もいる。どうだい、二人で別に食事しようか」

「いえ、私、みんなと食べます」

と、私は言った。「その方が勉強にもなりますし」

「なるほど」

多田は、誘いを断られることに慣れていないのだろう。明らかにがっかりしている。

「じゃ、一緒に行こう」

私たちが広い食堂へ入って行くと、もうほとんどのスタッフが席について食べ始めていた。

「ひとみちゃん！　こっち、こっち」

と、スクリプターの野神明代が立ち上って手招きしてくれる。

「すみません、遅れて」

「いいのよ、みんなせっかちなの。『活動屋さん』たちはね。あら、多田さん、お部屋で召し上がるんじゃないんですか？」

「うん……。まあ、たまにはみんなと食べるのもいいかと思ってね。しかし——僕の席はなさそうだね」

それを聞きつけたのは、「スター志願」の谷中ミネ子だった。

「こっち、席が空いてます！」

と、食堂中に響く大声を上げた。「多田さん！　ここです！」

そう言われると、今さら多田も「部屋へ戻る」とは言えなくなってしまったのだろう。

渋々谷中ミネ子の隣の席へついた。

「私、多田さんの大ファンなんです！　二人で食事ができるなんて、夢みたい！」

「二人じゃないだろ」

「でも、ここだけ区切れば二人です！」

谷中ミネ子の言葉に、笑いが起った。

私は、食事しながら、明日の撮影の細かい話を野神明代から聞いた。

「あ、そうそう」

とやって来たのは宮崎で、「ひとみ君。君、この野神さんと同じ部屋でいいかい？」

「ええ、もちろん」

「一つ部屋が足りなくなってね。じゃ、野神さん、食事の後で、ひとみ君の部屋に移って下さい」

「はいはい」

と明代は楽しそうに、「誰かさんが残念そうな顔してるわよ」

もちろん、多田のことである。

もしかすると、多田とのことを心配して、明代と同じ部屋にさせられたのだろうか。

「――誰かみえるんですか」

と、明代へ訊《き》いてみたが、その返事を聞くより早く、浅倉しのぶが食堂へ入って来て、何となく食堂の中は会話が途切れた。

「私の席、ある？」

あって当然、という口調。

もちろん、すぐに席が用意される。

でも——どうして今ごろやって来たのだろう？

「今夜は何だか妙ね」

と、しのぶは、野神明代もそう思ったらしい。

しのぶは、別にスタッフと食べたいわけでもなかったようで、黙々と食べ始めた。

私はアッという間に食事を平らげていたが、

「——浅野ひとみって方、いますか」

と、ロッジの人が食堂の入口で呼んだ。

「はい！」

私は立ち上った。

「お電話が入ってます」

誰だろう？　ともかく急いでロビーへ出て、電話を取った。

「——もしもし」

「ひとみ？」

「マチ子。どうしたの？」

私は少しホッとして言った。私に電話をかけてくる相手など、そういるわけがない。

「家が……」

マチ子の声が震えている。——ただごとじゃない。

「マチ子。どうしたの？　家が、って――」

「焼けちゃったの」

　私は耳を疑った。

「焼けたって――。火事で？」

「うん……アッという間に……」

「大丈夫なの？　けがしなかった？」

「大丈夫……」

「お母さんは？」

「まだ法事で田舎から帰って来ていない」

　そうか。――マチ子は一人だったのだ。

「でも、無事で良かった！」

「あんまり良くもないわ。――ハクション！」

「マチ子……」

「パジャマ一つなの。何も持って出られなかった」

　と、情ない声を出す。

「そうか……。でも、命が大切だもん」

　他人事《ひとごと》だから言えるのかもしれないが、そんな風にしか言いようもない。

「ね、ひとみ。そっちに行っていい？」

「――もちろん！　それじゃ、誰かに迎えに行ってもらおうか？」

「一人で行けるよ。大丈夫」

マチ子は、少し落ちついた様子で、「ひとみの声聞いたら、安心した」

私は、今朝マチ子の家を出てくるときに、なぜかあの家を二度と見ることがないように思えて、振り返って見たことを思い出した。むろん、そのときにはあの家が燃えてしまうなどとは思ってもいない。

むしろ、私の方がこの「世界」から出て行ってしまっているかと思ったのだ。まさか、こんなことになるとは……。

「でも、パジャマじゃ来られないじゃないの」

と、私が言っているのを、宮崎が聞きつけてやって来た。

「どうしたんだい？」

「あ、ちょっと待ってね、マチ子。――阿部マチ子ちゃんなの。お家が焼けちゃったんですって」

「何だって？」

宮崎が目を丸くしている。私の話を聞くと、少し考えていたが、

「僕が代る」

と、受話器を取って、「もしもし、宮崎だよ。大丈夫かい？　大変だったね。――こっちへ来るのなら、僕が手配する。――うん、撮影所に残っている奴を一人選んで、君の所へ行かせるから。君も知っている人間にするからね。こっちへの列車の手配など、すべてやらせるから、心配しないで」

さすがに助監督だ。細かい所まで神経が行き届いて、何が必要かを考えている。

「じゃ、今夜はどこか泊る所があるのかい？　――よし、分った。お友だちから着る物を借りるといっても、サイズが合うかどうか分らないだろ。撮影所の衣裳《いしょう》部へ行けば、どんなサイズでも揃《そろ》ってる」

聞いていて、私は感心した。

「じゃ、今から三十分したら、撮影所の門の前まで、警察の人に送ってもらいなさい。いいね？　それまでに衣裳部の誰かに連絡して、そこへ行かせるから。話はしておく。女性だから、君も泊めてもらうのに気が楽だろ。何なら撮影所の中に泊ればいい。ちゃんとそのための部屋があるからね。あんまり居心地は良くないと思うけど……」

まるで一時間も考え抜いたかと思うような周到さで、宮崎はマチ子の「身の振り方」を指示すると、やっと私の手に受話器を戻した。

「――もしもし、マチ子。今の話、ちゃんと頭に入った？」

と、私はわざと宮崎に聞こえるように言った。

「うん。――凄《すご》いね、映画の人って。やることが早い」

「いつもきたえられてるんだね」

「お母さんの所へ連絡して、そっちへ行くわ」

宮崎の話で大分元気を取り戻したらしい。マチ子の声は明るくなっていた。

「明日、待ってるよ」

と、私は言って、電話を切った。

「――ちっとは見直したかい？」

と、宮崎がニヤニヤしている。

「うん。――でも、マチ子とお母さん、何もかも燃えて、焼け出されちゃったのよ。あんまり嬉《うれ》しそうな声を、出さないで」

「おっと、そうか。――いや、つい映画のワンシーンみたいに思えちまうんだ」

「習性ね」

「そうだな。役者も、現実には一杯苦労を抱えてるけど、ファンに対してはあくまで『夢の結晶』なんだ。作られたイメージと、本当の自分と。いつもその違いに苦労してるんだよ」

宮崎は手帳を出して、「さて、三十分で撮影所の前に行ける奴を見付けないと」

と、ページをめくった。

「そう都合良く見付かる？」

「監督に言われりゃ、真夜中にアイスクリームだって捜して来なきゃいけないのが助監督だ。それに比べりゃ簡単なもんさ」

「それならコンビニへ行けば……」

と言いかけて気が付いた。

十八年前じゃ、二十四時間営業のコンビニなどなかっただろう。

幸い宮崎は手帳をめくりながら、あちこち電話をかけ始めていて、私の言ったことを聞いていない様子だった。

――食堂からは、食事を終えたスタッフが次々に出てくる。

「ね、多田さん、踊りましょうよ！」

多田の腕にしがみついているのは、谷中ミネ子。多田はうんざりした顔で、

「もう僕はやすむ。君、踊りたきゃ勝手に行けばいいじゃないか」

と、きっぱりはねつけた。

それでも、「将来の女性教師」は諦《あきら》めず、

「じゃ、お茶でも一杯。ね？」

と、食い下がっている。

私は笑いをかみ殺すのに苦労した。多田がこっちの方へ、救いを求める視線を向けるの

にも気付いたが、あえて知らんぷりをした。

宮崎が、やっと暇なスタッフを見付けて、撮影所へ駆けつけ、マチ子の面倒を見ろと話をつけたのは、十五分後。

「——これでよし、と」

「間に合う？」

「撮影所から五分の所に住んでるんだ、彼女。大丈夫。間に合わせるさ」

私は思わず笑ってしまった。

「大変ね。助監督って」

「ああ。しかし、映画の仕上りに対して文句を言われたり、客が入らなくて辛い思いをするのは監督だからね。助監督に気をつかっちゃいられないさ」

と、宮崎は言った。

「そんなもんなのね」

私は自分が映画に出ること、カメラの前で演技することだけに夢中になっていたけれど、それは永原のような「巨匠」にとっても、一つのビジネスという面を持っているのだ。

「——宮崎さん」

と、やって来たのは、母——浅倉しのぶだった。

「もう食事はすんだんですか」

「うん。──ね、あなたの部屋は？」

いきなり私の方へ訊いてくる。

「あの──」

「一人？」

「今は一人ですけど……」

野神明代が後で移ってくることになっているが、そこまで言わせず、

「じゃ、私の部屋にいらっしゃいよ」

と、しのぶは言った。

「え？」

「私、広い部屋なの。ベッドもセミスイートが二つあるし。一人じゃもったいないわ。ね？　宮崎さん、構わないでしょ、この子と一緒でも。男じゃないんだから」

「でも、どうしたんです？　いつも一人の方がいいと言っているのに」

「私だって、時には人恋しくなるのよ」

しのぶは冗談めかして言っていたが、私には分っていた。本当は一人でいたくないのだ。誰かにそばにいてほしいのである。

それなら、「私と一緒にいて」と頼めばいいのだが、それを、

「私の所へ来させてあげる」

と言ってしまうのが、スターというものなのだろう。

そしてその点は、私の母になっても変っていない。

「――じゃ、待ってるわ」

と念を押して、しのぶは行ってしまった。

「どうする？」

と、宮崎が訊く。「気をつかって疲れるだろう。永原監督から言ってもらおうか」

「いえ、いいです」

「いい、って？」

「私、しのぶさんの部屋で寝ます」

「いいのかい？」

「はい。――これからも撮影は長いし。お互いに相手のことを知っていた方がいいんじゃないかと思うから」

「うん、そうか」

宮崎は肯《うなず》いて、「じゃ、荷物を運ぼうか」

「一人で持てますよ」

と、私は言った。「野神さんに話しておいて下さいね」

正直、しのぶの部屋で寝ることはちっとも気にならなかった。だって、ずっと一緒に寝て来たんだから……。

私は自分の部屋へ戻って、荷物をまとめた。

といっても元々何も持っていなかったのだから、ロケにも必要最小限の仕度しかして来ていない。

五分もあれば、用意するのに充分だった。

「──さて、と。行くか」

私は部屋の中を見回して、忘れ物がないのを確かめてから、バッグを手に、ドアを開けた。

──目の前に、浅倉紳一が立っていた。

一体何が起ったのか分らない内に、私は喉《のど》へナイフを突きつけられていたのだ。

「──何するの」

と、私はそれでも精一杯、浅倉紳一をにらみつけた。

「元気がいいな」

と、唇を引きつらせるように笑うと、

「一緒に行ってやるのさ、しのぶの所へな」

「何の話だか……」

「ごまかすな。さっき、しのぶがお前に声をかけてたのを、隠れて聞いてたんだ」

紳一は私の背後へ回ると、「下手な真似《まね》をすると、一突きだぞ」と言った。

「どうしろって言うの」

「予定通りにすりゃいいのさ。――さあ、しのぶの部屋へ行こう」

促されて、ナイフの先端がチクリと背中を刺す。私は思わず声を上げた。

「やめて！」

「素直に歩けばいいんだ」

「分ったわ。――刺さないで」

さすがに膝《ひざ》が震えた。

廊下を歩いて行く内、誰かスタッフに会わないかと思っていたが、みんなまだ下にいるのだろう、廊下は静まり返っている。

「〈１２０９〉だ。分ってるんだ」

紳一は、しのぶの部屋のルームナンバーも承知している。ごまかしようがなかった。

でも――それならどうしてさっさと一人でしのぶの部屋へ行かないのだろう？

むろん、ナイフを私に突きつけたりすること自体、まともでないことは分る。一体何をするつもりなのだろう。

私が、部屋のドアをノックして、声をかければ、当然しのぶは疑いもせずにドアを開ける。——そうか。

しのぶは、きっと紳一の姿を見かけたのだ。おそらくチラッとだけ見て、本当に紳一かどうか、確信はなかったかもしれない。

ただ、不安なので一人で食事するのをやめて食堂へやって来た。そして、一人で部屋にいるのが怖くて、私を誘ったのだ。

〈1209〉といっても、都心のホテルと違って、十二階にあるわけではない。

ロッジ自体が二階建だから、その新しく増築した部分に、〈1〉をつけてあるのだ。

少し坂になった廊下を辿《たど》って行くと、その〈新館〉の部分へ入って行く。

「——何をするの」

と、私は言った。

「黙ってろ」

紳一は相手にしない。——しかし、撮影所で私を脅したとき、あるいは、本番中に笑い声を上げて撮影を中断させたときに比べると、紳一はむしろ落ちついて見えた。

ふしぎなことだ。やっていることはもう立派な犯罪で、何が目的なのか想像もつかないのだが、頭に血が上って喚《わめ》いていた紳一とはずいぶん違っていた。

「——お前がしのぶのことを心配するのか?」

と、紳一は言い出した。

「いけない？」

「おかしいぜ。しのぶはスターだ。スキャンダルを起しゃ、消えていくんだ」

「そんなこと――。せっかくここまで撮った映画が未完成になっちゃうじゃありませんか。私にとっては大切なデビュー作なんです」

出まかせだが、決して嘘《うそ》ではない。

「デビュー作か……」

その言葉が、紳一の中のどこかの線に触れたのだろう。「おい、止れ」

足を止めると、

「こっちを向け」

と、紳一は言った。

私はゆっくりと振り向いた。

紳一の、私を見る目は血走ってもいないし、狂気を秘めてもいない。

「――お前は……しのぶとよく似てるな」

私はドキッとした。当然のことながら、私がしのぶと似ていることを初めて言ってくれた、その紳一の言葉に、むしろ私の不安は高まった。

「よく似てる？」

「ああ。――デビュー前のしのぶも、今のお前のように目を輝かせてたもんだ。いやでも人の目をひきつけるものを持っていた……」

「今でも持ってるわ」

「ああ。でもな。新人のころとは違う」

と、紳一は首を振った。「あいつは変っちまった」

「だって――当然でしょ。誰だって、いつまでも新人じゃないわ」

「そうなんだ。――それが悲しいことなのさ」

私は、紳一の哀《かな》しげな目を見つめた。

「あなたって……しのぶさんが自分のことを頼りにしてくれなくなって、それが許せないのね」

紳一は面食らったように私を眺めて、

「お前も妙な奴だ」

と言った。「そこもしのぶに似てる」

「お願い。こんなこと、やめて下さい」

「もう遅いよ」

「まだ間に合うわ。何もしなければ、このロッジにあなたがやって来てもふしぎじゃないでしょう」

「お前は、このナイフが映画の撮影用のオモチャだと思ってるのか」

と、呆《あき》れたように言った。

「しのぶさんを刺すんですか」

紳一は答えずに、

「さあ、行こう」

と促した。

私は仕方なくまた廊下を進んで行った。

「お前のデビューを邪魔することになったら申しわけないな。謝っとくぜ。だが、こっちにも都合ってもんがあるんだ」

――しのぶの部屋の前に来た。

「さあ、ノックしろ」

と、紳一が言った。

私は――それまで、こんなことは一度もなかった――突然、紳一の考えていることが分かった。

「しのぶさんを殺して、自分も死ぬのね。そうでしょう」

と、私は言った。「そして、何が起ったか、私に見せて、証言させようと思ってるのね！」

図星だった。紳一は動揺して、

「余計なこと言うな！　早くノックしろ」

つい大きな声を上げていた。

私はドアをノックした。

「──はい。ひとみちゃん？」

と、しのぶの声がする。

「ひとみです」

と答えると、

「待ってね」

と言って、しのぶがドアを開けてくれるまで少し間があった。

ドアが開く。

そこに──しのぶはいなかった。

紳一が私を押しのけ、ナイフを手に勢い込んで部屋へ飛び込んだが──。

正面には、ドアを開けたはずのしのぶの姿がない。

え？　──紳一が立ちすくむと、ドアのかげに隠れていたしのぶが、両手でつかんだ大きな花びんを、紳一の頭上へ振り下ろした。

バシャン、と派手な音をたてて、花びんは砕け散り、紳一は呆気《あっけ》なく床にのびてしまった。

「――おみごとです」

と、私はつい言っていた。

「あなたと言い争ってるのが聞こえたの。――こういう所は声が響くってことを忘れないようにしないとね」

しのぶは、大の字になってのびている紳一を見下ろして、

「死んじゃったかしら？」

私は、かがみ込んで紳一の手首を取った。

「――大丈夫。気絶してますけど、心臓はちゃんと打ってます」

「何だ……」

しのぶが、がっかりしたように言った。

そこへ、宮崎が顔を出した。

「どうだい？　何か足らないものでも……あれば……」

のびている紳一と、粉々になった花びんを見て目を丸くしている。

「足らないものはないいけど」

と、しのぶが言った。「この余ってるものを持ってってくれる？」

14　決闘

「カット！」

永原の声が、まるでスタジオの中のように響く。「──ＯＫ！」

ホッと息をつく。

スタッフの間にも安堵《あんど》のざわめきが広がった。

「じゃ、次は二時から」

と、宮崎がよく通る声で知らせている。

私は空を見上げた。

完全に晴れているわけではないが、まずまずの天気。

「──疲れたでしょ」

と、しのぶが声をかけてくる。「ロケって、疲れるのよね。待つ時間は長いし」

「でも、初めてだと、こんなもんかな、って……」

私がそう言うと、しのぶは明るく笑った。

ロケは、ロッジの裏手のなだらかな斜面からスタートした。

バスでの移動も必要ないので楽だろうと思ったが、ところが、斜面の傾きが微妙で、カメラ移動用のレールを敷くのに四苦八苦。

スタッフは夜明け前から作業していた。

今のカットで、なかなか「OK」が出なかったのは、風があって雲がどんどん流れていくので、本番中に日射《ひざ》しが度々遮られてしまうせいだった。

「——ご苦労さん」

と、永原が私たちに声をかけた。「芝居は良かったよ。雲が邪魔したがね」

「永原さんが言わなくても、ひとみちゃんは分ってるわ。ねえ？」

しのぶは私の肩を抱いて、「さ、ロッジへ戻ってお昼食べましょ」

——兄の浅倉紳一をノックアウトしたあの夜から、しのぶは急に私を可愛がってくれるようになった。

いざそうなると、今度はいつも私をそばへ置いておきたがり、おかげで私はせっかくやって来たマチ子とも、ほとんど話ができなかったのだ。

でも、今日は、

「しのぶさん」

と、安田信江がやって来て、「インタビュー。お昼休みに」

「そんなの聞いてないわ」

と、しのぶがむくれる。

「お願い。向うはわざわざロケ先まで来てくれてるから」

「しょうがないな……」

しのぶはすっかり不満顔。

「ごめんなさいね」

と、安田信江は謝っているが、実は私も今日のお昼休みに、しのぶがインタビューを引き受けていたのを憶えていた。

だからといって、スターに向って、

「あなたが忘れてる」

とは言えないのだ。

「無理言ってごめんなさい」

と、ひたすら謝り、なだめながら、インタビューを無事に終らせなければならない。

マネージャーや付き人という仕事も楽じゃない。

私は、ロッジの食堂へ入って、マチ子の姿を捜した。

「あ、ひとみ」

後ろから、逆に見付けて来てくれた。

「マチ子。しのぶさん、インタビューだって。一緒にお昼食べよう」

「うん！」

マチ子の顔に、久しぶりで十七歳らしい笑みが浮んだ。


「――じゃ、お母さんは今、一人で？」

と、私はランチを食べながら言った。

「うん……。行く所ないしね」

と、マチ子は肩をすくめた。

「一緒に来れば良かったのに」

「だめ」

「どうして？」

「明日から――たぶん、久田さんがここへ来るの」

私は、何とも言えなかった。

このロッジの部屋を一つ空けておくことになったのは、久田が来ることになったせいかもしれない。

私たちは食堂の隅のテーブルで、話を他のスタッフに聞かれないようにしてしゃべっていた。

別に内緒の話をしたいわけではない。ただ、いつもいつも周りに誰かスタッフがいるという状況に慣れていなくて、疲れてしまうのである。

「――火事の原因、分ったの？」

と、私は話題を変えた。

久田のことを話すのは、マチ子も気をつかってしまうだろうと思ったのだ。

ところがマチ子の返事を聞いて、私は食事の手を止めることになった。

「放火なの」

と、マチ子は言ったのである。

「え……」

私は絶句した。「それって――」

「放火だって。警察の人が」

と、マチ子は淡々とくり返す。

「それって、大変じゃない！　誰がやったの？」

「分んないわ。警察の人は、いたずらじゃないかって。――恨まれる覚え、ないし」

確かに、ひっそりと暮している母と娘の住いを燃やして、一体誰が得をするだろう？

「――でも、保険にも入ってないから、何もかも失くしちゃった」

「マチ子ったら、呑気《のんき》なこと言って……。でも、マチ子の身に万一のことがなくて良かった」

「お母さんもそう言ってた」

「でも――力落とされてるでしょうね」

「お母さん、元々力強く生きるって、タイプじゃないの。いつもため息つきつき生きていく、ってとこかな」

マチ子はやっと微笑を見せて、「でも、ああいう人が結構しぶとく生きのびるのよ」

私は、マチ子が現金の入った封筒を母親へ渡していた光景を思い出していた。

マチ子と母との間には、単なる母と娘とは違う何かがあるのだろう。

「――ね、ひとみ」

と、マチ子が話を変えて、「例の、川の中へ車ごと飛び込むシーンは？　どうなったの？」

「うん。一応、私がやるつもり」

「凄いなあ。でも、気を付けてね」

「川の水量とか、流れの速さとか、色々見てくれてるの。大丈夫よ。充分に慎重にやってる」

もちろん、私だって怖い。でも、どんな仕事でも、多少は危険に身をさらすことは覚悟しなくてはならないのではないだろうか。

食事を終えて、宮崎がやって来ると、

「――午後の予定について、十五分したら打ち合せだ」

「はい」

と、私は言った。

「しのぶさんは？」

「インタビューがあるって……。あ、もうすんだみたい」

しのぶが食堂へ入ってくると、キョロキョロと中を見回し、

「いたいた」

と、私たちの方へやって来た。

「しのぶさん、これから食事ですか？」

と、宮崎が言った。「ランチ、持って来ましょうか」

「ありがとう。私、部屋で食べるわ」

「じゃ、一人で？」

「ええ――ね、ひとみちゃん。あなたもずっと私と一緒じゃ疲れるでしょ。マチ子ちゃんと一緒にいたら？」

私は戸惑って、

「どっちでも、私……」

「じゃ、そうしなさいよ。後で荷物、取りに来てね」

しのぶはそう言うと、さっさと出て行ってしまう。

「──宮崎さん。私、何かあの人を怒らせるようなこと、した？」

と、私が訊くと、

「食事を届けてもらおう。──いや、そうじゃない」

「でも……」

「男だよ」

「──男？」

「うん。きっと、夜、彼女の部屋を訪問する男がいるんだ。それで君が邪魔になったんだよ、きっと」

「ひどいなあ、追い出すなんて」

と、マチ子が怒っている。

「そんなことといいけど……」

私は、しのぶの部屋へ行く「男」が誰なのかが知りたかった。──それがもしかしたら、私の父親かもしれないのだ。

「──そうそう」

宮崎は食堂の人に、ランチを浅倉しのぶの部屋へ届けてくれるように頼むと戻って来て、

「マチ子君、ロケの予定には入ってなかったけど、永原さんが、このホテルの客として出てほしいと言ってるんだ」

「え？　私？」

と、マチ子が面食らって、「でも、私、ひとみのクラスメイトでしょ」

「だから、同じホテルに泊っていてもおかしくない。ひとみ君一人でいるより、絵になるし、ひとみ君のセリフを引き出すのに必要だというんだ」

「分った。——要するに引立て役だ」

と、マチ子は言って笑った。「セリフ、あるの？」

「うん。明朝にはコピーして渡す。本番はあさってからだ。——いいね？」

「はい」

「やった！」

と、私はマチ子の肩を叩《たた》いた。「一緒に出られる！」

「うん」

マチ子も、「引立て役でも、いないよりましだね」

と言いながら、嬉しそうだった。

私とマチ子がロビーへ出ると、ソファに永原が一人で座っていた。

邪魔しちゃいけないのかと、引き返そうとしたが、永原の方が、

「君たちか。──座りなさいよ」

と、振り向いて手招きした。

「永原さん、何を考えてたんですか？」

と、私は訊いて、「もちろん、午後の撮影のことですよね」

訊くまでもないことだった。

しかし、永原は笑って、

「考えたって仕方ないだろ、今さら。もう仕度は進んでる」

「それはそうですけど……。じゃ、何のことを？」

「僕だって、色んなことを考えるよ。家の犬のこと、庭の花のこと。そして可愛い女の子たちのこと……」

「監督って、映画のことしか考えてないのかと思った」

と、マチ子が言った。

永原はマチ子を暖く見て微笑《ほほえ》むと、

「実際はそれに近いがね」

と、いたずらっぽく言った。

そして、フッと真顔に戻ると、

「今はねえ……。一本一本が決闘のようなもんだ。勝つ以外に生きのびる方法はない」

「決闘……ですか」

「命がけさ。しくじれば、監督としての命を絶たれる。冒険はできない。無難なところでやるしかない」

「でも、永原さんは……」

と、私が言いかけると、

「持ち上げてくれる。お世辞も言ってくれる。しかしね、その中の誰も、言っちゃくれないんだ。『永原監督だって人間だ。しくじることもあるさ』とはね」

永原がこんな風に話すことがあるとは、意外だった。

いつも現場では自信に溢《あふ》れて見え、楽しそうにジョークを飛ばしている永原には、「迷い」も「失意」も無縁のような気がしていた。

でも、考えてみれば永原も当り前の人間で、むしろ、出来上った作品は「傑作で当り前」なのだ。

それほど大きなプレッシャーはない。

決闘。——真剣な顔で決闘に行くのが当然なら、永原のように、「遊んでいるかのように」軽々とした足どりで決闘に向うことの困難さ。

でも、それを私たちへ話せるだけ、永原はやはり凄い人なのだ。

そこへ、宮崎が急ぎ足でやって来た。

「どうした？」

「今、地元の警察から連絡があって」

「何だ？」

「浅倉紳一が――しのぶさんの兄が、逃げたそうです」

私とマチ子は顔を見合せた。

「――しのぶは知ってるのか」

「いえ、まだ……」

「じゃ、黙っていよう。しのぶは兄のことになるとピリピリする」

永原は私たちの方を見て、「黙っていてくれるな？」

「はい……。でも、大丈夫でしょうか」

と、私は言った。「きっと、ここへやって来ると思いますけど」

「刺されそうになったら、助監督が代りに刺されるさ」

と、永原は立ち上って、「誰か必ずしのぶのそばにいるようにしろ」

「はい」

撮影優先。――永原の「弱さ」は、また非情でもあるのだ。

「――車だ」

と、宮崎がガラス越しに、ロッジの車寄せへ入って来る車に目を止めて言った。

「あの車……」

と、マチ子が呟《つぶや》くように言った。

車から降り立ったのは、久田だった。

「明日と聞いてた」

と、永原が言った。「挨拶《あいさつ》しておこう」

私たちも、永原について行った。

久田はロビーへ入って来ると、

「やあ、監督」

と、永原と握手をした。

そして、私の後ろに立っていたマチ子の方へ歩み寄ると、

「――災難だったな」

と、肩に手をかけ、「母さんにも会って来た」

「はい……」

「心配するな。俺がついてる」

今のマチ子と母親は、久田を頼りにするしかないのだ。

マチ子は頭を下げて、

「よろしくお願いします」

と言った。

プロデューサーの三枝が駆けつけて来る。

「久田さん！　お早いですな」

「明日改めて出てくるのも面倒でね。今日出る用があったので、ついでに……。部屋はあるかな」

「もちろん！　初日から用意してお待ちしてたんです」

宮崎が、永原へ小声で、

「しのぶさんを呼びますか」

と訊いた。

「後でいくらでも会う時間はある。今は放っとけ」

マチ子は、私の方へ、

「ごめんね」

と言った。

「何が？」

「一緒にいられなくて」

私が何とも言えずにいると、行きがけに久田が振り向いて、

「マチ子」

と呼んだ。

「――はい」

マチ子は久田について行った。

久田がマチ子の肩を抱く。励ましている抱き方ではなかった。男が女の肩を抱いていた。

見送って、宮崎が、

「どうします、マチ子ちゃんの出番？」

「作るさ。それがあの子の支えになる」

永原は人情家でもある。

さすがに巨匠ともなると複雑だわ、と私は感心したのだった……。

「じゃ、私、どこの部屋へ行けば？」

――結局、前の予定通り、スクリプターの野神明代と一緒ということになったのである……。

15　さや当て

「カット」

永原の声が響いた。

――誰もが、すぐに、

「本番行こう」

という言葉が続くものと思っていた。

だが、永原はしばらく黙って考え込んでいた。そして、

「少し休憩」

と、カメラのそばから離れて、「ひとみ君――ちょっと」

手招きされて、私は小走りに永原の所へ急いだ。

「寒いだろ。すまんね」

と、永原は言った。

「大丈夫です」

宮崎が来て、コートを肩にかけてくれる。

「ありがとう」

――撮影は深夜一時を回っていた。

山の中ではかなり気温も下り、カメラの前にいる時は感じないが、確かに寒い。

今は、多田と私が夜道を歩いていて、ふと黙り込み、私は多田の胸に抱かれるというカット。

「ひとみ君……。どうかな」

と、永原は私の肩を抱いて、「今のやりとりの流れから言って、多田君とキスするように変えたい」

私はちょっとびっくりした。

「でも……」

珍しいことだ。――永原はめったにそういう即興をしない人だった。

「君に抵抗があれば、無理にとは言わないが――。どうだね？」

「はい……。私はいいですけど、多田さんは？」

永原は笑って、

「多田君がいやと言うわけがないじゃないか」

と言った。「おい！　多田君！」

「今、ロッジの中へ。——トイレだと思います」

と、助監督が駆けて来て言った。

「私も行って来よう。冷えるものね」

ロケはロッジのすぐ裏。——カメラが逆を向けば、ロビーが目の前だが、今の向きなら、かなり深い林の中に見える。

映画というのは、ふしぎな世界である。

私はロッジへ入って、ロビーの奥のトイレに行った。

手を洗って出てくると、

「——そんなこと、無理です」

と、聞き憶えのある声。

マチ子だ。

大きな鉢が置かれた向うで、話しているらしい。

「どうしてだ」

久田の声は、真剣そのものだった。

「だって……私、まだ十七です」

「充分だ。俺じゃいやなのか」

「そんなこと……」

「お袋さんの面倒も見てやる。一生な。そんなこと、お前の力でできるのか」

マチ子は返事をしなかった。

「――そう深刻になることもないだろ」

と、久田は少しやさしい口調になって、「今と大して違わない。お前たちだって、住む家も身の回りのものも失くして、どうするつもりだ？　お袋さんは働けない。お前がいくら働いたって、たかが知れてる」

「――分ってます」

「じゃ、そう悩むこともないじゃないか」

「いや……」

マチ子が押えた声を出す。久田に抱きしめられるかキスされたのか……。

私は、歌でも歌って通ってやろうかと思った。

「マチ子。俺は五十五なんだ」

と、久田が続けた。「お前は確かに十七で若い。だが、お前が大人になるのを待ってはいられないんだ」

「久田さん――」

「この映画が終ったら、きちんと一軒家かマンションを持たせる。お前の名義にしてやる。だから――承知してくれ。いいな？」

マチ子は黙っていた。――きっと、黙って肯いたのだろう。

「――よし。いい子だ」

久田がホッとした様子で、「俺に似た子を産んでくれ。な、マチ子」

私は凍りついたように立ちすくんだ。

「――久田さん」

と、マチ子が言った。「もし――子供が生れたら、認知してくれますね」

「当り前だ。だからこそ、こうやって話してるんじゃないか」

「分りました」

「うん……。それがいい」

「母のことも、よろしくお願いします」

「心配するな。何なら、お袋さんの名前で少し貯金しといてやろう」

久田の安請け合いは、とても信用できるようなものじゃなかった。

「いえ、二人で食べていければいいんです。私は……私は働けますけど、母は……」

「分ってる」

「でも――奥様に知られたら……」

「文句なんか言わせるもんか。俺は自分の子供がほしいんだ。女房もそれは分ってる。何も言わんさ。別れると言わない限りは」

妻との間に子供がない。それでマチ子を「内縁の妻」にして子供を産ませようということか。——私には信じられないような話だった。

十八年前のこととしても、あまりにマチ子が可哀そうだ。

といって——確かにマチ子と母親の暮しを誰がみるのか、ということになると、私にも口を出すことはできなかった。

「——さあ、今夜はもう寝よう」

と、久田が言った。「今夜は大丈夫なんだろ?」

「もう終りました。でも——酒くさいのはいや。少し酔いをさまして」

「ゆっくり風呂に入るさ」

二人の声が遠ざかっていく。

——私は、頰《ほお》が熱く燃え、心臓が高鳴っているのを覚えて立っていた。人の人生の大きな選択。その瞬間を覗《のぞ》き見たという興奮があった。

いや、マチ子に「選択」の余地など、ほとんどなかったわけだが……。

「——おい、どうしたんだ?」

声をかけられて、びっくりして振り向くと、多田が立っていた。

「あ、多田さん。今、監督さんが——」

「うん、戻ろう。何しろ、こう冷えちゃね」

と、多田は顔をしかめた。

私は、永原の話を自分で伝えても良かったのだが、今のマチ子と久田の話を聞いてしまったことで、言う気を失くしてしまったのだった。

――久田の言うままにマチ子が彼の子供を産んだとして、マチ子の人生はどこにあるのだろう。

どうして自分はこんな所に生れてしまったのか、とマチ子は思っているだろう。それに対して、私も何も言ってあげられはしないのだ……。

――現場へ戻ると、もうカメラが回るばかりの状態。

永原の話に、多田は肯いて、

「そうしましょう」

と言った。「ひとみ君、いいのか?」

「ええ」

と、私は言って、「ただ……」

「何だい?」

「あの――テストなしで、本番にして下さい」

それを聞いて、永原は笑って、

「分った。大丈夫だろ。多田君は大ベテランだ」

「歯を磨いとくか」

と、多田は真面目《まじめ》な顔で言った……。

「――はい、本番」

と、永原の声。

とたんに寒さがどこかへふっとんでしまって、カッと体が熱くなった。

「――本番行きます」

と、宮崎が声をかけた。

多田がそっと私の方へ、

「少し長めにキスするかもしれないぜ」

と言った。「びっくりして逃げ出さないでくれよ」

「はい」

多田のその一言も、私の緊張をほぐすためのものだったのかもしれない。

「じゃ、行くよ」

永原が改めて言って、移動車に腰をかけた。

「はい、用意！　――スタート！」

永原の張りのある声。

カチンコが鳴る。私と多田は並んで歩き出した。カメラをのせた移動車がピタリと二人の動きに寄り添って動いていく。

セリフのやりとりは、問題なくいった。

その後の間。――何となく足が止る。

合図があったわけでもないのに、二人の足は同時に止った。

おずおずと見上げる私の目と、多田の目が出合う。

「スター」の目があった。私を見ていた。

ひき込まれるような目だ。

とたんに抱きしめられ、キスされていた。

何かが多田から唇を通って私の中へ流れ込んでくるような、そんな気がした。

長すぎない？

私は割合落ちついていたのか、そんなことを考えていた。

やっと、離れた。

こんなキスは初めてだ。――男というものを、初めて知ったようだった。

「――カット！　ＯＫ」

永原が即座に言った。「いい場面だった。ご苦労さん」

ホッと空気が緩み、

「じゃ、今夜はここまでです。お疲れさま」

宮崎が大声で言っていた。

「——良かったかい？」

多田に訊かれて、

「返事できません」

と、私は言ってやった。

「——明日は朝七時に朝食」

と、宮崎が念を押しに来る。

明日はバスで遠出である。戻るのは暗くなってからだろう。

ロッジへ戻りかけて、私は足を止めた。

しのぶが腕組みして立っていたのだ。

「見てたんですか？」

「ええ、じっくりね」

「中へ入らないと、風邪ひきますよ」

「分ったわ」

しのぶが全く別のことを言っているのは口調で知れた。

「——何ですか？」

「あなた惚《ほ》れたのね」

しのぶの目は、はっきり私をにらんでいる！

「しのぶさん……。多田さんのことですか？」

「おかしいと思った。――いつからなの？」

周りは、スタッフが忙しく立ち働いていて、誰も聞いていない。

「私、何も……。今のは永原さんに言われてやったんですよ」

「本気よ、今のは。あなただって分ってるんでしょ」

と、しのぶは言い返して、「もう、二度と私に話しかけないでね」

「しのぶさん！」

私は、足早にロッジへ駆け込んで行くしのぶを見送って……。

「冗談じゃないわ！」

と、呟いていた。

母と同じ男を取り合う？　そんな趣味、私にはないわよ！

でも――母は多田と寝るつもりで私を部屋から追い出したのだろう。

もしかすると――多田が私の父？

「――早く寝ろよ」

と、宮崎がポンと肩を叩いて行く。

「うん……」

私は急に寒さがしみて、身震いした。

ロッジの中へ戻ろうとして、ふと足を止めた。

二階の窓から、見下ろしていたのはマチ子だった。

まだ子供のようなパジャマを着て、哀しげな目でこっちを見下ろしている。

でも、パジャマの前はボタンが外れて、開いたままだった。

私と目が合うと、マチ子はゆっくりとカーテンを閉めた。

ベッドで久田が待っているのだろう。

——父親のような——というよりさらに年輩の男の子を生むために、抱かれなくてはならない……。

マチ子は、そして、これから生れるかもしれない子は、十八年後、どうなっているのだろう?

私はふと、そんなことを考えた……。

16　叫びと急流

悲鳴で、私は起きてしまった。

——真暗な部屋。

今のは……夢？　それとも本当に——。

「ひとみちゃん」

隣のベッドで、野神明代が言った。

「明代さん、今……」

「聞こえた？　じゃ、夢じゃなかったんだ」

明代がモゾモゾと動いて、ナイトテーブルの明りがつく。

「何でしょう？」

「分らないけど……。今、何時？」

と、時計を見て、「四時少し前か——あなたは寝てていいわよ」

「でも……」

「役者は、大地震でも眠ってられるくらいでないと」

明代はパジャマの代りにトレーナーを着ていた。「見てくるわ」

「気を付けて……」

私は、明代がドアを開けようとするのを見て、「――そうだ！　浅倉紳一が逃げてるんですよ。もしかしたら……」

「用心するわよ」

と言いながら、明代はドアを開けようとして、思い直したのかクローゼットの方へ行き、中から木製のハンガーを取り出した。

「これでぶん殴ってやる」

と言ってビュッと振り回した。

「大丈夫ですか？」

私も、ついベッドを出てスリッパをはいていた。

「あの悲鳴、近かった？」

明代も、ついてくるなとは言わなかった。

ドアを細く開けると、廊下を覗《のぞ》く。

「誰もいないわ」

私は、明代の後ろについて部屋を出た。

すると、ドアが少し先で開いて、宮崎が顔を出した。

「何だ、君たちも起きたのか」

と欠伸《あくび》をして、「変な声がしたよな」

「ええ。――何かしら？」

と、明代が言った。

「さあ……。一部屋ずつ訊《き》いて歩くわけにもいかないしね」

私たちは三人になった心強さで、廊下を先の方まで行ってみた。

でも、どのドアからも、物音や声は聞こえて来ない。

「――誰かが悪い夢でも見たかな」

と、宮崎が言った。

「でも――悲鳴だったわ」

と、私は言った。

「うん。しかし、今はどうしようも……」

「しのぶさんの所だけでも、確かめた方がいいんじゃありませんか？」

と、私は言った。「浅倉紳一のことがあるし」

「うん、そうだな」

と、宮崎は言ったが、「でも、もし彼女の所に誰か男がいたら……」

「じゃ、私が声をかけます」

「そうしてくれ」

宮崎はホッとした様子で言った。

しのぶのスイートルームまで来て、さすがに私も少し迷った。

でも、万一のことがあると……。

思い切って、チャイムを鳴らす。

「それくらいじゃ起きないよ、きっと」

と、宮崎が言ったとき、

「誰?」

と、中から声がした。

「あ……。私、ひとみです」

ロックを外す音がして、ドアが開いた。

「何よ、今ごろ。——三人も?」

しのぶはいぶかしげに、明代の手のハンガーを見た。

「悲鳴らしいものが聞こえて、起きちゃったんです」

と、私は説明した。「何もありませんでした?」

「ありゃ言ってる」

それはそうだ。

「しのぶさん。——実は、お兄さんが逃げ出したんだ」

宮崎の言葉に、しのぶは目を見開いたが、

「どうしてもっと早く教えてくれないのよ！」

永原に言われたとも言えず、

「しのぶさんにだけ伝えようと思っている内に、時間がなくなって……」

と、苦しい言いわけをする。

「じゃ、用心してよね。いやよ、また何かあるんじゃ」

と、しのぶは不機嫌そうに言って、

「おやすみ！」

と、ドアを閉めてしまった。

「——やれやれ」

と、宮崎がため息をついて、「でも、何もなくて良かった」

「今、起きてたんですね、しのぶさん」

と、私は言った。

「すぐ出て来たものね」

と、明代が肯《うなず》く。「それに髪を急いでまとめてた。——男と一緒なのかも」

「さすが、スクリプター」

と、宮崎は言った。

「ねえ、宮崎さん。——しのぶさんに、ずっと誰かつけとけって言われなかった?」

「ああ……」

と、足を止め、「確か——サードのカンちゃんが夜はついてるって……。いなかったな」

「ねえ。おかしくない?」

私たちは、しのぶの部屋の前まで戻った。

——じきに、その助監督の「カンちゃん」は見付かった。

少し先の階段の踊り場で気絶していたのである。

「——しっかりしろ!」

宮崎が揺さぶると、目を開いたが、頭を殴られて気を失った、ということしか憶《おぼ》えていなかった。

「誰がやったんだろう?」

「もし浅倉紳一なら……」

と、私は言った。「一応、フロントに連絡した方が」

「私が行くわ」

と、明代が言った。「危険があるといけない。ひとみさん、部屋へ戻ってて」

私も、映画のことを考えると逆らうこともできず、一人で部屋へ戻ることにした。

「――あ、ルームキー！」

ドアの前まで来て、ハッとしたが、すぐに思い出した。ここは都心のホテルとは違って、オートロックじゃないのである。

ドアは開いた。

「助かった！」

――一眠り、といっても、すっかり眠気などどこかへ行ってしまった。

それでもベッドへ入って目をつぶれば……。

私は、バスルームのドアを開けた。水を一杯飲みたかった。

コップに水を入れ、半分ほど飲んで息をつくと……。

シャワーカーテンが引いたままである。

普通は出るときに開けるだろう。

私は、手を伸して、ビニールのカーテンをシュッと引いた。

――ロッジの中には、また悲鳴が響き渡ることになってしまった。

今度は、私自身の声で。

「――自殺か」

と、三枝はため息をつく。「やれやれ……。TVがやかましい」

「でも、事件といっても、殺人じゃないんだから」

と、宮崎が言った。

——私は、ベッドに腰をおろしていた。

ショックからは立ち直りつつあったが、それでも、首を吊《つ》っている男の死体なんて、見たこともないのだ。

「——ごめんなさい」

ドアが開いて、しのぶがガウン姿で入って来た。

「しのぶさん……」

「兄が?」

「ええ……」

しのぶは、真直ぐバスルームへ入って行った。

「警察へ……」

「何とか内密にしてもらって……」

小声での話が洩《も》れてくる。

しのぶは出て来ると、

「びっくりしたでしょう」

と、私の肩をつかんで、「ごめんなさいね、迷惑かけて」

「いいえ」

「でも、もう――迷惑かけてはくれないわね」

やはり兄妹である。しのぶの目に光るものがあった。

私が、この伯父のことを知らないのも当然だろう。

こんな所で、シャワーのパイプにバスローブの腰紐《こしひも》をくくりつけ、首を吊って死んでしまっていたのだ。後に伝えたくなるような死に方とは言えない。

「――ひとみ君、大丈夫か?」

宮崎が出て来た。

「うん……」

「下で話し合って、どうするか決める。君はどこか他の部屋で寝るといい」

「――どこで?」

どうやら、私はあちこちさすらうことになっているらしい。

「何があっても、ロケはやる!」

――この宮崎の言葉通り、翌朝ロケへは予定通り出発した。

三枝は後に残って、浅倉紳一の死を、マスコミにどう流すか、手を尽くして検討することになった。

スタッフの中でも、事件を知っていたのはほんの一握りの人たち。

しのぶは無口だったが、もともと気分屋だし、朝食はちゃんと食べていた。

少し曇っていたが、雨の気配はない。

バスの中でも、前夜が遅かったので居眠りしている者が多い。

私は、ショックを受けた割に、あの後、他の部屋でもしっかり眠り、今朝は元気だった。

台本をめくって、これからのシーンのおさらいをしていると、

「——いいかい？」

隣に、多田が座った。「——聞いたよ。大変だったね」

「びっくりしただけです」

小声での話になる。「多田さん、ゆうべは？」

「ぐっすりさ。——君とのキスの思い出に酔いながらね」

と、微笑《ほほえ》んだ。

「でも——しのぶさんが心配」

「彼女は大丈夫さ」

「でも、やっぱりお兄さんでしょ」

「ああ。しかし……」

と言いかけて、「それより、今日は林の中を駆けるカットがあるだろ。足を挫《くじ》くなよ」

話を変えている。

「多田さん。しのぶさんと恋人同士だったこと、あるんですか?」

と訊くと、

「——どうして?」

「だって、ゆうべ、しのぶさんがじっと見てたんですよ、あのシーンを」

「言ったろう。役者は、その映画の都度、恋をする」

多田は、そう言って逃げると、「僕は息が切れるから、誰かに代りに走ってもらおう」

私は、次第に山の中へ入って行く、窓外の風景に目をやった。

——マチ子。

今朝の朝食に、マチ子と久田は現われなかった。

ゆうべ、マチ子は間違いなく久田に抱かれている。

どんな思いで、十七歳の少女が、五十五の男に抱かれたのだろう……。

「今日は午後一旦ロッジへ戻って、夜に出直します!」

宮崎の声が突然耳に飛び込んで来た……。

「——ここだよ」

と、宮崎が言った。

水音があまり聞こえていなかったので、木立の間を抜け、突然目の前に川があってびっくりする。

「深そうね」

と、私は言った。

水音がしないのは、深く流れているせいである。

急流というわけではない。だが、水量はかなりのものだ。

「——どこから車が入るの？」

「この左手の方。少し上流に、岩が突き出た所がある」

「そこから落ちるの？」

「うん。ここまでは流されてくるだろうって計算だ」

「いい加減ね」

と、笑ってしまう。

「一発本番だからな。——君の安全が第一だよ、もちろん」

でも、一旦車ごと流れに突っ込んだら、もう誰も近くにはいないのだ。

自分の力で車から抜け出して岸に向って叫ばなくてはならない。

「——やめてもいいよ」

と、宮崎が言った。「正直に言うと、絶対安全とは言えない。こういう仕事は、日本映画じゃ慣れてないからね」

「でも……今さらやめたなんて言えないわ」

「いや、そんなことは――」

「大丈夫。私、やるわ」

考えてみれば、この映画はきっと『幻の映画』として、人に見られずに終るのだ。それに命をかけるなんて、我ながらどうかしているようだったが――。

でも、今の私には、母の前で逃げたくないという気持があった。

「――やるとしたら、いつ？」

「ロケの最終日だろうな。車の手配とか、色々あるから」

「泳ぐ練習しとこうかな。服着たままで」

と、私は言った。

――現場へ戻ると永原がカメラマンの笹田と打ち合せている。

みんなが忙しく立ち働いて、スターも小道具も、そこでは平等だった。

しのぶは、腕組みをして折りたたみの椅子にかけている。

私は、そばへ行くと、

「ゆうべ、少しは眠れましたか」

と言った。

しのぶがチラッと私を見て、

「寝たわよ」

と言った。「多田さんの胸でね」

「まさか……」

「本当よ」

しのぶは、冷やかに、「ああいう人にはあなたみたいな子供はだめなのよ。憶えといて」

私は黙って母を見つめていた。

本気で、私は多田を好きになり始めていた。

こんなことって……。

我ながら、私は自分の気持が怖くなって来た。

17　競う

「今夜は冷えるよ。各自、用意してくれ」

夕食をロッジで食べているとき、永原がよく通る声で言った。

いつもは別に食べる永原が、一緒に大食堂で食事をとっている。

「みんなをまとめる必要があると思うと、こうするんだ」

と、宮崎が私に小声で言った。

確かに、その必要があったかもしれない。

浅倉紳一の死は、自殺といっても状況が状況なので、警察が来て、調べを行った。

発見者として、私も当然色々訊かれた。

宮崎は私が動揺してナーバスになるのを心配していたが、私の方は撮影のことで頭が一杯で、大したショックは受けていなかった。

いや、むしろ後になって怖くなるのかもしれないが、今は浅倉紳一の死も、まるで映画のワンシーンのように思えてしまうのだった……。

もっとも、永原が気をつかう必要のない相手もいる。本当なら一番ショックを受けているはずの、母、しのぶである。

しのぶは、夕食の席でも多田の隣に座って、それも椅子をぴったり寄せて、「私はこの人と一緒なの」と宣言しているようだった。

多田も楽しんでいるようで、耳に唇を寄せて話しかけるしのぶの方へ、素早く顔を向けて首筋にキスしたりしていた。

私は……。私は——どうでもいいはずだった。

これは「本当の出来事」じゃないのだ。

私は遠からず十八年後へ戻って（たぶん）しまう。そうなれば、多田はもうこの世にはおらず、母と奪い合うわけにもいかないのだから。

それでも——私は戯れ合う二人から目をそらすことができず、胸には焼けるような痛みと苦しさが渦を巻いていた。

多田への思いは、自分の意志と関係なく、どんどんふくれ上っていくようだった。

「——一旦、部屋へ戻る」

と、私は宮崎へ言った。

「三十分したら出発だよ」

「はい」

私は、足早にロビーへと出た。

まるで、暑くてたまらない場所から逃げて来たように、ホッとして息をつく。

二人は相変らず楽しげにしているのだろうが、見えなければ、いくらか痛みは薄らいでくる。

私は、部屋へ行く前にロビーの売店を覗いてみることにした。――十年一日の如く変りばえのしないみやげ物が並んでいる。

とはいえ、温泉旅館ではないから、大したものは売っていない。

私は、週刊誌や雑誌を並べた回転式のスタンドを回しながら、どうにも時代遅れなセンスの表紙を眺めていた。

「あ、これ、若い！」

今でもドラマなどに出ている女優だが、このころはアイドルで売っていたらしい。週刊誌の表紙を飾っているのだが、その写真は別人のように若かった。

そこへ、明るい笑い声が聞こえた。

マチ子の声のようだが――。

覗くように見ると、本当にマチ子が久田と一緒にこっちへやってくる。私はあわてて売店のかげに引っ込んだ。

隠れなくてもいいようなものだが、浴衣姿の久田とマチ子はしっかり腕を組み、マチ子は久田に甘え切ったように身を寄せていたのである。

それは見てはいけない場面のようで、つい隠れてしまったのだった。

「ね、お母さんに何かおみやげ買ってってってもいい？」

と、マチ子が訊いた。

訊くというより、「ねだる」口調だ。

「いいとも。大したもんはあるまい」

「悪いわ、そんなこと言っちゃ」

と、マチ子は久田をたしなめて笑った。

――あれがマチ子か？

私は、あの久田の部屋の窓辺に立って、パジャマの前をはだけていた哀《かな》しげなマチ子の顔を忘れられなかった。しかし、今のマチ子は、久田と「親密な仲」だということを宣伝して歩いているようだ。

「ねえねえ！　私、このネックレス、欲しい！」

マチ子は、どう見ても安物の、しかし、一応、つけて歩いてもおかしくないネックレスをねだった。

「いいよ。――他には？」

「これだけでいい。今はね」

と、付け加えてまた笑う。

マチ子は、ごく普通の女子高校生が友だちとおしゃべりしている、という様子だった。

「これをくれ」

と、久田が財布を出す。

「それと歯ブラシのセット」

と、マチ子が言う。

「部屋にある」

「一日一組しかないよ。それにミントの味ので磨いてからキスしてくれると気持いいんだもん」

マチ子の言い方に、私は驚いてしまった。

一体、マチ子はどうしてしまったのだろう？

買物をすませると、二人はまたしっかり腕を組んで帰って行く。

売店のおばさん二人が呆《あき》れたように、

「何なの、あれ？」

「ねえ、親子みたいな若い子を。——どう見たって、高校生くらいよ」

「そうよね」

——私は重苦しい気持でそこを離れた。

「はい、カット」

永原の声の調子が、私にも大分分るようになって来ていた。

「じゃ、お昼の休憩です」

宮崎が手をメガホンのようにして言った。

「午後二時から、よろしく!」

私はカメラから少し離れた所に置かれた椅子に腰をかけていた。

今日は穏やかな天気で、風もなく、日なたにいると心地良かった。

撮影も順調に進んでいたのだが——。

「おい、宮崎」

永原が叫んだ。

宮崎も何を言われるか見当はついているだろうが、むろん駆けて来た。

「午後には間に合せろよ」

と、永原は言った。「あんなカットでスケジュールが狂わされちゃかなわん」

「はい」

宮崎は、それだけ答えた。それ以上何も言う必要はない。「はい」以外の答えは存在しないのだから。

私は、隣に置かれたもう一つの椅子をそっと見やった。

そこには、本当ならマチ子が座っているはずだったのだ。

現場はロッジのすぐ近くだったので、みんなゾロゾロと歩いて戻って行く。

午前中は、母、しのぶはワンカットだけの出番で、十時過ぎには終っていた。多田は今日は出番がなく、インタビューの仕事で、出かけている。

「——戻らないのかい？」

宮崎がやって来て声をかけてくれた。

「戻るけど……。マチ子のことが……」

「うん。分ってる。君は気に病まないで」

そうはいかない。——私は重い足どりで宮崎と一緒にロッジへと歩き出した。

「——監督、怒ってるわ」

「まあね」

と、宮崎は肩をすくめて、「役者が寝坊して、スケジュールがずれるなんて、とんでもない話だからな」

「でも、マチ子のせいじゃないわ」

「ああ。永原さんも分ってるさ。しかし、永原さんにはすべての責任がかかってくる。スケジュールが狂えばそれだけ製作費がかさむんだ。監督にとっちゃ苦しい立場なのさ」

私も、それを聞くと、肯くしかなかった。

「ねえ、宮崎さん」

メークの係の女性が寄って来て、「マチ子さん、三十分前には連れて来てね」

「はいはい」

宮崎は手を振った。

――マチ子の出番は午前中だった。

もちろん、大きな役ではないから、いくつもセリフがあるのはこのシーンだけだった。

昨日、私とマチ子は夕食の後、二人でリハーサルをやった。永原監督がわざわざ書き足してくれたセリフである。

二人は汗をかきながら、やりとりをくり返して、

「眠ってても、このセリフが寝言で出そうだね」

と二人で笑い合ったくらいだった。

ところが、一旦東京へ帰っていた久田がゆうべ遅く、またロッジへやって来たのである。

後で聞いた噂《うわさ》では、マチ子のことが久田の妻に知れて、大ゲンカをしたらしい。

前から、夫の愛人のことは承知していたにせよ、十七歳の女の子に子供を産ませようとしているのを知って、夫人がカッとなったらしい。

そして久田は、マチ子に会いに車を飛ばしてやって来たのである。

当然、ゆうべはマチ子を抱いたに違いない。

拒めるマチ子ではなかった。

そして、二人は今朝、マチ子の出番が近付いても起きて来なかったのだ。宮崎ももちろん電話を入れたのだが、久田が、

「起きて行くまで邪魔しないでくれ！」

と腹を立てたらしく、スポンサーとしては無理を通して当然と思っているらしい。

一方、永原にとっては出資者の大切なことも分るが、だからといって役者のわがままを許すのはとんでもないこと。

三枝が何とか永原をなだめたが、このまま午後になってもマチ子が出て来ないようなら、きっとせっかくの出番はカットされてしまうだろう。

――大食堂へ入る前に、私は、

「手を洗ってくる」

と、宮崎に言って、別れた。

マチ子と話したかったのである。久田を怒らせることになっても仕方ない。

私は久田とマチ子の部屋へと急いだ。

いざドアの前に立つと、ためらってしまう。でも、それは久田がこの「桜の坂」のスポンサーだからではなく、あくまで「邪魔してはいけない、一番プライベートな時間」にい

るかもしれないところへ割り込もうとすることにためらったのだった。

でも、マチ子だって、撮影に加わりたいはずだ、と自分へ言い聞かせる。

ノックすると、少し間を置いて、

「誰だ?」

と、久田の声がした。

決して上機嫌な声ではないが、怒っているというのとも少し違うように聞こえた。用心深そうな声とでも言おうか。

「私、浅野ひとみです」

と、できるだけ普通の調子で、「マチ子さんを迎えに来ました」

怒鳴られるかと思ったが——そうはならなかった。

久田は、

「少し待ってくれ」

と言ったのである。

それ以上は私もせかせる勇気はなく、五分ほど待っただろうか。

ドアが中から開いて、マチ子が立っていた。

「マチ子、撮影——」

と言いかけて、私は息をのんだ。

18　主　張

永原監督は、もうカメラのそばでカメラマンの笹田と熱心に話し込んでいた。

一時半になるところだ。きっと宮崎が心配して私のことを捜しているに違いなかったが、そこまでは私も気をつかっていられなかった。

初めに私たちに気付いたのは笹田カメラマンだった。

「監督――」

と、永原を促して振り向かせる。

一瞬、マチ子の足が止ったが、私は励ますようにマチ子の背中を押して、歩き出させた。

周囲にいたスタッフも、自然と手を止めてこっちを見た。

永原がマチ子の顔を見て、

「どうしたんだ」

と言った。「そんなんじゃ、撮れないじゃないか」

永原の前で私たちは足を止めた。

「永原さん――」

と、私が言いかけると、

「君には訊いてない」

と、永原の不機嫌な声が遮った。「マチ子君に訊いてるんだ。午前中は撮影があるのに出て来ない。午後は目の周りにあざを作ってやって来る。――そんなことで映画が撮れると思ってるのか?」

マチ子は無言だった。目を伏せがちにしていたが、言いわけもせず、涙も流さなかった。

マチ子の左目の周りに、はっきりと黒ずんだあざができていて、それは隠しようのないほどだった。

「ひとみ君! 来てたのか」

宮崎がロッジの方から駆けて来たが、やはりマチ子の顔をひと目見ると、足を止め、愕《がく》然《ぜん》としている。

しばらくは誰も口をきかなかった。何を言っても、永原に怒鳴られそうだ。

「それじゃ無理だな」

と、永原は切り上げるように言った。

マチ子の肩がフッと目立たない程度に落ちた。そして、

「すみませんでした」

と頭を下げると、「じゃ、ひとみ……。私、ロッジへ戻ってるから」

行きかけたマチ子の肩に手をかけて、

「待って」

と、私は言った。「永原さん。——あなたは間違ってます」

その場の空気が凍りつくようだった。

「ひとみ——」

と、マチ子が言いかけるのを押えて、

「なぜマチ子を責めるんですか」

と、私は言った。「どうしてあざができたか、お分りでしょう？　マチ子は殴られたんです。好きで殴られたと思いますか？　殴られて喜んだとでも？　——責めるなら、あざを作った人を責めるべきじゃありませんか。あの人がこの映画のスポンサーだろうが、構わずに責めるべきです。それをしないで、マチ子だけを責めるのは間違いです。マチ子が可哀そうです」

永原は、何とも言えない表情で私を見ていた。

「昨日、私とマチ子は夢中でこの場面のやりとりの練習をしました。二人とも汗をかいて、それでも必死でした」

私は続けた。「お願いです。今日無理なら、他の日に、あのシーンを撮って下さい。私はどんなに寝不足でも付合います」

——どうして永原に向って、こんなことが言えたものか。

私自身が、この時代に生きていなかったからかもしれない。どうせこの映画は完成しない、と思っていたせいかもしれない。

けれども、もしそれが理由の一つだったとしても、小さなものにすぎない。

私がマチ子をかばったのは、「男の横暴」と「身勝手」から、永原でさえ抜け出せていないことに怒ったからだった。

男がみんなこんなものなら、私は多田もいらなかった。自分の父親が誰なのかにも、もう関心が持てなかった。

でも——現場で、永原に向って新米女優がこんな口をきくことは、たぶんとんでもないことなのだろう。

周囲のスタッフは、ストップモーションになった画面のように立ちすくみ、咳払《せきばら》い一つ聞こえない。

けれども、私にとって救いだったのは、宮崎の私を見る目に、「君は正しい」という暖い思いを見てとれたことだった。

永原は、カメラマンの笹田の方を見ると、

「ライティングで、分らないようにできるか」

と言った。

私は頰《ほお》がカッと熱くなるのを感じた。

――永原が、マチ子の出るシーンを、撮ろうとしているのだ。

「顔の反対側を主に入れましょう。目立つところは、木の枝の影をかぶせて」

と、笹田が肯く。

すると、

「待ってよ！」

とやって来たのは、メークの女性で、「その前に、私の出番があるでしょ！」

「そうか。忘れてた」

と、永原は微笑んだ。「何とかなるかい」

「見せて」

と、マチ子の顔のあざを見て、「――もっとひどいのを隠したこともあるわ。よく見れば分る、っていう程度には消してみせる」

「よし、後はカメラと照明で工夫しよう」

永原は肯いた。そして、私とマチ子の方へやってくると、

「この年齢《とし》になると、叱ってくれる人がいない。よく言ってくれたね」

と、私とマチ子の肩を大きな手でつかんで、「マチ子君、悪かった。傷ついただろうが、

勘弁してくれ」

マチ子の目から大粒の涙がこぼれ落ちた。

「その代り、うんと可愛く撮るからな」

永原の言葉に周囲から笑いが起きた。

「じゃ、カメラのポジションはどうします？」

と、笹田が訊く。

「木の間にレールを敷いて、移動だ。光の具合が変らない内にやろう。急げ！」

永原がポンと手を打つと、一斉にスタッフが動き出した。

マチ子はメーク係に連れられて行く。

私は邪魔にならないように少し退がって——そこに、母が立っているのを見た。

「しのぶさん……」

「いいわね。若いって」

と、言うと、しのぶはフラッと歩いて行った。

私には、彼女のことを気にする余裕もなかった。

ともかく、マチ子とやりとりするセリフを忘れないよう、じっと集中した……。

そして——わずか十五分後には、魔法でも見ているかのように、ほとんどあざの分らなくなったマチ子がやって来て、私と満面の笑みを交わしたのだった……。

その夜も、ほとんど徹夜の撮影になりそうだった。

天候などの関係もあって、若干の遅れが出ている。それを夜の間に吸収しようと、スタッフも役者も頑張っていた。

息が白くなる。私は、出番を前にして、椅子にかけていた。

「――聞いたよ」

いつの間にか、傍に多田が立っていた。

「多田さん……」

「僕も居合せたかったね」

と、多田はタバコをくゆらせて、「永原さんが君に詫《わ》びたって?」

「いえ、マチ子に、です。――偉い人ですよね」

「君も立派だ」

「そんな……」

私は、多田の手のタバコを見て、「多田さん、タバコやめたら?」

と言った。

「うん?」

「体に良くないですよ」

「そうだな……。分ってるんだが、やめられないんだよ」

多田は確か肺ガンで亡くなったような気がする。きっと、人が言っても聞こうとはしなかったのだろう。

「多田さん、もう出番、すんだんじゃないですか?」

「うん。しかし、見ていたくてね」

と、多田は空いた椅子を引き寄せて腰をおろす。「こういう、切羽詰って、熱気のある現場が好きなんだ。みんな一種魔力にとりつかれたようになってね。役者も、どんなに疲れてても頑張っちまうんだ」

「分ります」

「今夜のこの熱気を呼んだのは君だよ」

多田の言葉に、私は少し照れたが、否定はしなかった。

「——しのぶさんのこと、いいんですか?」

「彼女は大丈夫」

「でも……」

「僕と寝たと言ったか? 嘘《うそ》だよ」

「え?」

「誰かにとられるのが我慢できないんだ。別に僕を愛してるわけじゃない」

私には、果して多田が本当のことを言っているのかどうか、判断がつかなかった。

「――ひとみ君」

宮崎がやって来た。

「はい」

と立ち上ると、

「いや、まだいいよ」

と、肩を叩《たた》いて、「今、永原さんと話したんだけど、明日の夜から雨になるって予報が出てるんだ。例の車が川へ落ちる場面、明日やっちまおうかと言ってる」

「はい」

「大丈夫？」

「はい」

聞いていた多田が、

「この子にゃ誰も勝てない。車もおとなしく言うことを聞くさ」

と言って笑った。

「朝から僕らは準備してる。本番は、たぶん午後の二時くらいだろう」

「分りました」

「万一に備えて、いつでも助けに行けるように、僕も待機してるからね。君の体に命綱をつけてもいいんだが、車の中だからね。出るときに絡まったりすると、却《かえ》って危い」

「大丈夫よ。画面になったらおかしいわ」

「運転席には、多田さんの身代りの人形を置く。遠くからじゃ分らない」

「二枚目に作れよ」

と、多田は笑って言った。

「じゃ、明日だ」

「――はい」

私はもう一度、しっかりと肯いた。

宮崎が戻って行く。

「――今夜、ドキドキして眠れない」

と、私が言うと、

「なあに、君はぐっすり眠るよ」

と、多田は言った。

――その通りだった。

19　急　流

朝食のテーブルにつくと、すぐ宮崎がやって来た。

「ひとみ君。雨が早くなりそうだ。午前中にすませたい」

「分りました」

「今、スタッフがもう川へ行ってる。十時に出るからね」

「はい」

却《かえ》って、待ち時間は短い方がいい。

朝食は少なめに取って、コーヒーを飲んでいると、隣の椅子にマチ子が座った。

「おはよう！」

あざは少し残っているが、いやに元気だ。

「早いね」

「うん。——あの人、もう今日帰るから」

と、マチ子は言った。「今日、川の場面だって？」

「そう」

「気を付けてね」

「大丈夫よ。私、そういうの、好きなんだ」

と、私は笑った。

「――ひとみ」

マチ子は少し間を置いて、「昨日はありがとう」

「ううん。いいシーンになったよ、きっと」

「そうだね。――カットされなきゃいいけどな」

「まさか！　そんなことしたら、永原さんにかみついちゃう」

と、私は笑って言った。

「怖そうだな」

と、マチ子も笑った。

その笑いには、どこか寂しげなかげがあった。

「マチ子……。何かあったの？」

「別に」

と、目をそらす。「――私、今日東京へ帰る」

「そう」

「でも、あの人と一緒じゃないよ。ちゃんと、車で川へダイビングするのを見届けてから帰る」

「お母さんも待ってるよ」

「うん、そうなんだ。お母さん――家が焼けてボーッとしちゃって。心配でね」

「大切にしてあげな」

「うん」

マチ子は少したためらって、「知ってるんでしょ、久田が私に……」

「私には、やめなさいとは言えないけど……。でも、生き方って色々あると思う。マチ子も、働ける年齢だし」

「うん。――そうだね」

と、私は言った。

マチ子はじっと何か考え込んでいた。

宮崎が他のスタッフをせかしている。

「私も部屋へ戻って仕度するわ」

と、私は立ち上った。

「じゃ……。もう話す機会がないかもしれないから」

「そんな、大げさだよ。ロケすんだら、また会えるじゃない」

「そうだね」

マチ子は私の手を握った。「じゃ、気を付けてね」

「うん」

私は、急いで部屋へと戻った。

もちろん、緊張していなかったわけではない。不安もあった。

けれども――改めて、大きな不安が頭をもたげて来る。

この映画は完成するのだろうか？

でも、そうなったら、十八年後の「私」はどうなるのだろう。

今は――ともかく撮影だ！

川の水はかなり冷たいだろう。私は下着を重ね着しておくことにした。

もちろん、大丈夫だろう。危険はあるにしても。

大丈夫。――きっと。

いざ、そのときが近付くと、私も怖くなって来てはいたのである。


「――はい、カット！」

永原が大きく肯《うなず》いて、「ＯＫだ。――それじゃ、すぐにやるからね」

「はい」

私と多田は車から降りた。

多田の運転する車の助手席に私が乗って車の中で私は別れを告げられる。

それを聞いてカッとなった私が、夢中でハンドルへしがみつき、

「一緒に死ぬ！」

と、車ごと川へ突っ込む――というシーンだ。

その直前まで、ハンドルへ私がしがみつき、

「危い！」

と、多田が叫んだところでカット。

ここから、車ごと川へ突っ込むというシーンになる。

――外へ出ると、私はどんよりと鉛色の雲の垂れこめた空を見上げた。

いつ降り出してもおかしくない。

宮崎たちは必死で準備に追われていた。

多田の身代りの人形が運転席に置かれ、手をハンドルへゆわえつける。シートベルトできっちりと押えて出来上り。

私の方は、助手席に本当に乗って川へ突っ込み、車から脱出して岸へ向って叫ぶ。

予定通りにいけば、の話だ。

「――大丈夫かい？」

と、永原がやって来る。

「念押さないで下さい。大丈夫なわけないもの」

と、私は言った。「でも、やります」

「そうか」

永原の力強い手が私の肩をつかんだ。

「――監督！　見て下さい」

と、宮崎が呼ぶ。

私は、他のスタッフから少し離れて、一人出番を待っていた。――緊張は、しかし軽いものだった。

ふと背後に足音がして、

「――しのぶさん」

母、しのぶが立っていた。

「出番、終ったんじゃないですか？」

と訊《き》くと、

「見ておきたくてね。めったにない撮影でしょ」

と、しのぶは言った。

「ちょっと怖いけど――仕方ないですよね」

しのぶは川の方を眺めながら、

「多田と寝た?」

と言った。

「まさか。——だって、しのぶさん、ずっと一緒だったでしょ?」

「拒まれたわ」

と、しのぶは厳しい顔で、「言われたわ。『あの子の方が才能がある』って。『君は、こんなことしてたら、その内だめになるぞ』ともね」

私は何とも言えなかった。プライド高い母にとって、その多田の言葉は耐え難かっただろう。

「——ひとみ君」

と、宮崎が呼ぶ。

「はい! ——それじゃ」

と、私は会釈した。

「祈ってるわ」

と、しのぶは言った。「事故が起るのを、ね」

冗談めかしているが、本気だ。——私は重苦しい気分で車へと向った。

自分の母から「事故に遭うように祈ってる」と言われた娘なんて、そうざらにはいないだろう……。

フロントガラスに細かい雨が当り始めた。

「――行くぞ！」

と、永原の声。

車は川へ突っ込んで、少し流されたところで私が脱出する、という手はずなので、カメラと、その他のメンバーは少し下流の土手にいる。

遠くの永原に手を振って、私は助手席に座った。

「シートベルトをして」

と、宮崎が言った。「いいね。車はしばらく浮いてるはずだ。少し流されたら、窓を開ける。水が入って来たら、ドアを開けるんだ。そうしないと水圧でドアが開かないからね」

「はい」

と肯く。

パワーウインドウだと、水に浸ってショートして動かなくなるので、わざと古い手回しの窓になっている。

「じゃ、頑張れ！」

「大丈夫」

ドアが閉る。

車は誰も運転していないので、エンジンはかけず、後ろからトラックで勢いをつけて押してもらう。

ぶっつけ本番。もちろん一回限りだ。

「——本番！」

永原の声はひときわ大きい。「用意！——スタート！」

車がぐっと押されて動きだす。ハンドルは固定されているので、車は真直ぐ川辺へと進んで行った。

スピードが上る。勢いよく川面へ向ってダイビングする。

宙に浮いた瞬間、自分が宇宙空間へでも投げ出されたような気分だった。

しかし、それはほんの一瞬で、車は鼻先から川へと突っ込んだのだ。

勢いをつけすぎたのかもしれない。

車が水へ突っ込んだ瞬間、そのショックでフロントガラスが砕けたのだ。

そして、一気に水が車の中へ流れ込んで来た。

思いもよらないことだった。砕けたガラスが降りかかって来て、私はあわててしまっていた。そこへ水が固まりとなってぶつかって来た。

私はシートベルトを外そうとしたが、車は流れの中に引き込まれ、ぐんぐんと運ばれて行って、その水の勢いに押されて、手が思うように動かない。

水は胸から肩へと上って来て、車は沈もうとしていた。

シートベルト！　必死で手探りして、ボタンを押すと、やっと外れた。

「――ひとみ！」

車の中に声がした。

驚いて振り向くと、後ろの座席に、マチ子が顔を出していたのだ。

「何してるの、マチ子！」

「早く逃げて！　私、死ぬの」

「馬鹿言わないで！――ドアを開けて！」

水が首を浸す。ドアはもう開くはずだった。

「いいの！　逃げて！」

と、マチ子は言った。「私、久田を殺したんだ！」

「マチ子――」

「だから逃げて！」

私は大きく息を吸って、水の中へ潜ると、ドアの把手《とって》を引いた。

ドアは開いた。外へ。――外へ。

車は水中に没しつつあった。

私は車を出ると、後ろのドアをつかんで、開けた。

急流が押し流して行く。必死で手をのばして、マチ子の腕をつかんだ。

マチ子が水を飲んで、苦しげに喘《あえ》ぐ。私の方へしがみついて来た。

私はマチ子を引張り出すと、車体を力一杯けって、川面へ浮かび上った。

「今行くぞ！」

宮崎が泳いで来る。異変があったことに気付いていたのだろう。他にも何人かの助監督が飛び込んで来た。

「マチ子が水を飲んでる！」

と、私は叫んだ。「マチ子を助けて！」

「分った！」

宮崎がマチ子の体を腕で抱きかかえて、岸へ向って泳いで行く。

私は何とか流されながらも顔を出していた。

こっちへ向って泳いでくる人たち。流れは外から見ていたときには想像もつかないほど速かった。

「危い！」

と、悲鳴のような叫びが上った。

流されて行く先に――橋があった。橋げたにぶつかったらおしまいだ！

私は必死に水をかいた。しかし、流れの力の方が遥に大きい。

橋げたが目の前に迫って来た。

ぶつかる！

私は目をつぶって――そして、何も分らなくなった……。


ひとみ！

ひとみ！　目を開けて！

――私は、胸の痛みで目を覚ました。

咳《せき》が出て、胸が焼けるように痛んだ。

「ひとみ……」

目を開くと――浅倉しのぶの顔があった。

「良かった！　気が付いたのね。――分る？　私のことが見える？」

私は小さく肯いて、

「しのぶさんでしょ……」

と言った。

「まあ、何よ。母親に向って『しのぶさん』はないでしょ」

「あ……」

確かに、そこにいるのは、四十四歳の浅倉しのぶだった。

私は帰って来たのだ！

「――若く見えるから、つい……」

「こんなときに、お母さんにお世辞言ってどうするの」

と、母が苦笑する。

「ここ……病院？」

やっと、白っぽい天井、ベッドを仕切るカーテンなどが目に入って来た。

「そうよ。――ひとみ、どうして川へ身を投げたりしたの？」

と、母が悲しげに、「お母さんのことがそんなに嫌いになったの？」

「身投げ？　身投げなんかしないよ」

「だって……あんた、川の浅瀬に倒れてるのを見付けられて、救急車で運ばれたのよ。水を飲んでるってことだったし」

「それは車で――」

と言いかけて、「あの……落っこちたのよ、橋から。少し――酔っ払ってたんで」

「それなら……。でも、助かって良かったわ！」

と、私の手を握る。「きっと、あんたが誤解してると思って。そのまま死なれたんじゃやり切れないもの」

「男の人のこと？　パトロンになってる人」

「パトロンだなんて……。あのホテルの中のお店を閉めたのを黙ってたのは悪かったわ。でも、あそこで買う人は少ないし、通信販売が今はファックスやEメールで来るんで、それだけで商売がやっていけるのよ」

と、母は言った。

「じゃあ……ちゃんと仕事で稼いでるの？」

「当り前でしょ。それはね、お母さんも男の人と付合ってる。それは否定しないけど、でもお金のためなんかじゃないわ」

私はホッとした。

「それならそうと、早く言ってよ」

「そうね。――いつか、あんたに色んなこと、すべて話してあげなきゃと思ってた。思ってる内に、日がたって……」

「話して、今。――私の父親が誰かってことも」

母はしばらく考えていたが、

「――具合は大丈夫？　話を聞いていられる？」

「うん」

冷えていた体が熱くなってくる。

「分ったわ」

と、母は肯いた。「私の最後の映画は、〈桜の坂〉という作品だった。監督が、永原謙二。もう亡くなって十年もたつけど、当時は日本を代表する監督だった」

母の目に少し誇らしげな光が見えた。

「でもね――〈桜の坂〉は結局、未完成のまま制作中止になってしまったの。撮影が始まったとき、重要な役の一つ、〈桜木幸子〉の役を演る新人が決っていなかった。そこへ、監督が見付けて来たのが、浅野ひとみという子だった……」

私は胸苦しいほどに興奮して、母の話を聞いていた。

それ、私だったのよ！

私はそう叫びたいのを、じっと我慢していた……。


母の話は、私が体験した、そのままだった。

ふしぎなことだが、私は過去に現われて、母と係り合ったのだ。

「――車は、思ったよりずっと早く沈みかけて、あわてた宮崎さんたちが、次々に流れに飛び込んだわ。ひとみは、阿部マチ子を抱えて浮かび上って来た。そして、気を失いかけているマチ子を先に宮崎さんへ渡すと、流れに押し流され、助けの手が間に合わないまま、橋げたへぶつかった……」

母はちょっと言葉を切って、「たぶん、ぶつかったんだと思うの。そのまま姿が消えてそれきりとうとう見付からなかったのよ」

「それで、撮影中止に?」

「そう。そんな事故、初めてのことだし、彼女の出番も残っていて、他の子で代りに撮るわけにもいかなかった」

と、母は肯いた。「それに――スポンサーだった久田が、ロッジの部屋で殺されていたの」

「マチ子っていう子が?」

「そう。だから、車の中に隠れて自分は死ぬつもりだったのね」

「どうして殺したんだろ?」

「それがね、一緒にベッドに入っているとき、久田がつい言ってしまったのよ。マチ子の家に放火させたのが自分だって」

「どうしてそんなこと――」

「どうしてもマチ子が欲しかったのね。だから、家も焼け、母親と二人、久田に頼っていかざるを得ないようにしたのよ」

「ひどい男……。私だって殺してる」

「そうね。――ともかく、〈桜の坂〉は、主要なキャストの一人が行方不明、スポンサーは殺され、その犯人も出演しているというわけで、中止するしかなくなったのよ」

「マチ子って子、その後は?」

「警察へ自首したわ。でも、事情が事情だし、十七歳だから、少年院へ送られたわ」

「じゃあ……マチ子って、今でも元気にしてるの?」

と、私は訊いた。

「いいえ。――亡くなったわ」

と、母は言った。

私が何も言えずにいると、母は続けて、

「私は気になっていたの。――あの浅野ひとみと最後に話をしたとき、決して本気じゃなかったけど、『事故に遭えばいい』なんて言ってしまった……。何ということを言ったんだろうって、自分を責めたわ」

母は、少しの間、目を伏せていたが、やがて息をつくと、

「話してしまわなくちゃね。――少年院に入った阿部マチ子は、久田の子を身ごもっていたの。私が面会に行ったとき、マチ子は、幸せそうだった。『父親を殺した、その償いを、この子を産んで、育てることでやれる』と言ってね」

「じゃ、産んだの?」

ったの」

「ええ。でも——とても難産でね。無事に出産すると、その二週間後に、マチ子は亡くなったの」

マチ子が……。私はあの寂しい笑顔を思い浮かべた。

「私はね、そのとき思ったの」

と、母は言った。「浅野ひとみの死を願った、その罪を、その赤ん坊を育てることで償おうって。マチ子の果せなかったことを私が代りにやってあげようって」

私は目を見開いた。

「それじゃ……」

「私はその女の子に、『ひとみ』って名を付けた。——そうなのよ。ひとみ。あなたの母親は、阿部マチ子なの」

——混乱していた。

父親どころか、母親までもが、違う人だったなんて！

「私は……マチ子と、その久田って男の子供？」

「ええ。でも、私はひとみが私の子だと思ってるわ」

と、母は言った。「——それが真実なの。今まで黙っていてごめんなさい」

私はしばらくじっと天井を見上げていた。

何とまあ！　——あの女優の子だから、と何度言われてきたことか！

演技のカンの良さは母親譲りと感心されもした。

人の見る目なんて、何といい加減なものだろう！

私はちょっと笑った。

「何がおかしいの？」

と、母が訊く。

「お母さんらしいと思って。いい加減で、無茶で」

母も笑って、

「そうかもしれないわね」

「でも――私はやっぱりお母さんの子」

「ええ、私もそう思うわ。赤の他人にしちゃ、似すぎてる」

「本当だ」

「でも……。ふしぎなことがあるの」

「何？」

「『ひとみ』って名をつけたせいかしら。あんたって、段々本当に浅野ひとみと似て来るみたいなの」

「その子、そんなに可愛かったの？」

母はふき出しそうになった。

「お母さん。その〈桜の坂〉って映画のフィルムとか、残ってない?」

「さあ……。今じゃ知ってる人もほとんどいないしね」

もし私が本当に女優になったら、きっと捜し出してやる!

私はひそかにそう決心していた……。

エピローグ

「困ったね……」

「どうしよう？」

演劇部の面々がため息をついていた。

「――どうしたの？」

私は、部屋へ入って、「お通夜みたいね。明日本番なのに」

「それなんです！」

と、一年生の滝田洋子が訴えるように言った。「人形役の子が足を挫《くじ》いちゃって」

「ええ？　明日はだめなの？」

十一月の文化祭。

「幽霊」という劇で、私は小さな役をやることにしていた。

妙なもので、母と血がつながっていないと分ると、少しの抵抗もなく演劇部に加わっていられるのだ。

「ひとみさん、やってもらえませんか?」

「私はだめよ。同時に舞台へ出てるときがあるし」

と、私は言った。

「でも、歌ったり踊ったりして、はしゃいでなきゃいけない役でしょ。慣れてない子に突然やれと言っても、無理ですよ」

「そうねえ……」

「でも、あの役、省くと舞台のムード、変っちゃうもんね」

「待って」

と、私は言った。「私に考えがある」

「ひとみさん……」

「一緒に来て」

私は、洋子を連れて、職員室へ向った。

「どうするんですか?」

「スカウトよ」

「スカウト?」

「有望な新人のね。——いたいた」

担任の谷中ミネ子先生が机に向っている。

「――谷中先生」

「あら、浅倉さん、どうしたの？　明日本番でしょ」

「はい」

と、私は答えた。「そのことで、先生にお願いがあるんです」

「私に？」

と、谷中ミネ子は面食らって言った。


ガーン、とスピーカーが鳴って、足下を揺がすような音と共に、華やかなフィナーレが幕を開けた。

全員が次々にステージへ出て、踊りの輪に加わる。場内から拍手が起って、席を立とうというせっかちな客もいる。

そこへ――突然袖《そで》からフランス人形みたいなレース飾りの一杯ついたドレスを着た女の子が登場したと思うと――。

いきなり高々と足を上げ、カンカンを踊り出す。飛び上り、引っくり返り、叫び声を上げて舞台を駆け回り――。

観客はびっくりしながらも拍手が大いに盛り上った。

人形役の役者は顔をほぼ真白に塗っていて、口紅はどぎついほどの真赤。そして、赤毛のカツラを振り乱しての大熱演なのだが――。

「あれ、誰だ？」

という声があちこちで起る。

そして誰からともなく、

「もしかして……谷中先生？」

「まさか！」

「でも、あの顔……」

「――本当だ！」

谷中先生らしいという話がアッという間に広がる。

当人は完全に自己陶酔の世界。

洋子がそっと私に、

「ひとみさん、どうして分ったんですか、谷中先生がこういう趣味の人だって」

と訊いた。

「それはね、役者の直感」

と、私は言った。「人は誰でも表と裏の顔を持っているものよ。役者はそういう面を見抜くもんなの」

「へえ、凄《すご》いなあ」

と、洋子は感心すること、しきり。

私は、若い日に果せなかった夢を、今、思い切ってやってのけている谷中ミネ子を見てつい微笑《ほほえ》んでしまった。

そして、谷中先生は勢い余って舞台から落っこちてしまった。これでまた観客が沸く。

這《は》い上って来た谷中先生は、めげずにまた踊り出した。

――劇は終った。

カーテンコールがくり返され、谷中先生はカツラを取ってハアハア息をしながら頭を下げた。拍手が一段と大きくなる。

私は深くおじぎしながら、最前列に、力一杯拍手している母の、愉《たの》しげな姿を見付けていたのだった……。

解説　「女優の娘」をやっているひとみ嬢へ。「監督の娘」をやっている私、より。

大林千茱萸
（映画感想家）

ひとり夢見る。夢見るのはひとり。夢は、ひとりで、見る……。

『ひとり夢見る』は娘と母の物語であり、父親探しの物語である。同時に自分探しの物語でもあり、さらに長く長～い夢を見ているひとりの少女と、夢を作り出す映画の世界を描いた物語である。が、なんて希望にまみれた絶望的で暗い人間ドラマが展開することか！泣いて笑って、ときには心に突き刺さる暗いトゲに怒りを感じ、読み進めるとともに主人公の行く末を案じ、彼女の周りで起きる厄介な物語に胸を痛め切なくした。一方で、夢のなかで撮り進められていく、幻の映画になることを初めから予感させる作品『桜の坂』での、昔気質な撮影現場の描写にワクワクし、気持ちが熱くなった。

あぁ、忙しい……。まったく私はさざ波に小刻みに揺れる小船のように、とっても忙しく気持ちをグラグラと揺らしながら一気に読んでしまった。赤川さんのストーリーテラーとしての才能と術に、すっぽりと心地よく身をまかせた。そして同時に、大好きだ、この物語。と、大きな確信を心に刻んだ。

主人公・浅倉ひとみは、心配事を先送りすることにかけては天才的資質を持つ、もうすぐ受験を控える高校二年生。十七歳の〝粗雑な美少女〟だ。彼女の母が往年のスター女優であったがために、ひとみは自分の環境を「変わった家庭」だと言う。それは母が学校で行われる進路についての個人面談に消防車顔負けの真っ赤なスーツを着てくることからでも窺える。自由奔放な母に臆していては「浅倉しのぶの娘」はやっていけない、と言い放つ。けれど表面的には行動がチグハグな母を嘆きながらも、本能的には母を愛している。だからひとみは周りが「あの浅倉しのぶの娘」という目で自分を見詰めることを、機能的には許しているのだ。

しかし考えてみれば、これはけっこうキツイ設定だ。ことに自我を確立させて未来への足固めをしなくてはならない思春期に、他人は、自分のことを女優の娘という〝肩書き〟なしには認めてくれないのである。常に付加価値とともにある自分の存在……。これは実に辛いシチュエーションである。それに、なにもこれは有名人の子供だけが感じる辛さではない。たとえば〝お菓子屋さんの子供〟なら、学生時代にクラスメイトから「いいなぁ、お前んち、お菓子食べ放題でさ」などと絶対言われてるに違いない。現に私の友人の俳優さんは〝お寿司屋の息子〟であるがゆえに皆から羨ましがられ、あげく「寿司なんかより焼肉」の人になっている。もしくは子供を持つ親御さんなら「●●ちゃんのお母さん（お父さん）」と呼ばれ、子はいても個の不在が、実はとても不自然であるべきことなのに、いつのまにか自然な日常になっていたりする。世知辛い最近では、そんな日常で歪められた感情が積み重なり、殺人すら起きることがある世の中である。おそらく人間は、誰もが付加価値とともに見られることのなかで、もがきながら生きているのではないだろうか。

もちろん人によってはその付加価値を〝精神〟に見出す人もいれば、〝物質〟や〝ポジション〟に重きを置く人もいるだろう。それはその人の選んだ生き方であるから、永遠に優劣のつくことではない。でも私的にはやはり、浅倉ひとみのように、【真実】の持つ意味が重く、ときには不本意に傷付くことがあろうとも、付加価値と上手に付き合って生きていたいと思う。心の痛みは、痛いけど、知らないより知っていたほうがいい。心の痛みは、豊かなる感情の貯金。尊い魂の財産であると信じるからだ。

『ひとり夢見る』は浅倉ひとみの類い稀なる奇妙で凛々しい自分探しの冒険譚だが、人間の根源的な心の痛みも内包していると思う。ひとみは、それこそ物語の初めのほうでは状況が「動いて、今よりよくなるという保証がないのなら、じっとしていよう、と」などと呟き未来に後向きな姿勢を見せる。けれど夢の世界に飛び込んでからの彼女はとてもアクティブだ。夢のなかの彼女は〝ただの十七歳〟で、付加価値なぞ微塵もないからだ（だから、そんな彼女がときおり自分から「私はあの浅倉しのぶの娘です」とつい言ってしまいたい衝動に駆られるのは彼女なりの性や業が垣間見れて可笑しいところである）。そして夢のなかで精神的にフリーとなった彼女は、それまで貯め込んでいた不本意な心の痛みを消化して未来へのエネルギーに変え、次のステップへと昇華させていく。実にタフで、あっぱれな少女、ファンタジーのなかの真実、それが浅倉ひとみ、なのである。

それにしても父親不在で十七年間を生きて来たひとみが夢のなかで出会う男性のすべてが〝父親候補〟に見えてしまう展開は、やはり旨い流れだ。常に彼女を親身になって助けてくれる助監督の宮崎を始め、色男で「キスの名人」俳優・多田は理想の候補だろうし、逆に嫌な候補として挙がるのは狡《こ》すからいプロデューサーの三枝。残念ながら監督の永原は年齢のせいか候補には入れてもらえなかったようだが、定説で言うなら、女優と恋に落ちるのは監督である。けれど赤川的ストーリーは物語のいちばん残酷なところを突いて来る。候補としては場外にいた、まさかっ、の、久田を父にする。私がひとみだったら「うぎゃぁっ！」と絶叫もんである。あるいは、自分はしのぶの娘だと信じ切っているひとみがスクリーン・テストに映る自分を見て「お母さん？」と見間違うほどしのぶに似ていると思うくだりや、若かりししのぶと異母姉妹の役で共演する設定。あるいは本当の母である阿部マチ子を見たひとみの第一印象が「きれいな顔立ちだけどパッと目立つ華やかさがない」と冷ややかに客観視するあたりや、「マチ子には直感がある」と思うひとみが彼女の家を出るときに「この家を見るのはこれで最後になるような気がする」と直感し、さりげなくマチ子の血を引いていることを予感させる逸話も利いてる。そして、実はいちばん身近（実父と実母&実祖母）であるところの久田とマチ子、マチ子の母らが抱えている心の闇や関係、複雑なお家騒動に遭遇したひとみは「すべてが映画みたいに思える」と言うんである。まるで偉大なる映画の伝道師、故・淀川長治氏のような人格である。

夢のような映画・映画のような夢。そして長い長い夢が終わることで、現実という真実に到着するひとみ……。母と信じるしのぶから「事故に遭うことを祈ってる」と言われ、そのまま事故に逢い、本当の母マチ子を救ったことで死んでいくひとみ。でもそれは同時にこれから生まれて来る自分を助けたことになり、しかし実父は目的のために放火するような身勝手な男で、それゆえ実母は実父を殺し、ひとみを生んで二週間後に息を引き取った。そして事故に遭うことを望んだしのぶは後悔と自責の念の重さからひとみの母になる決心をし、女優を引退する。まるで残酷で辛く暗い話がてんこ盛りのギリシャ神話か、エグイ話がトグロを巻いてるグリム童話のような物語である。おそらくひとみは、あの夢を体験しないままに真実を聞いていたなら、彼女はしのぶの話を受け入れられなかったであろうが、こんな状況でひとみ嬢、よく頑張り通したと感心もする。と同時に、この本を手にしている〝心にひとみ嬢を潜ませている〟発展途上の娘たちに告ぐ。人生には辛い出来事の数を上回る幸せがあるよ。苦い思いをした分だけ甘い想い出も増えるよ。サヨナラの数だけ、出会いもあるよ。悩みや心配事にまみれて付加価値に振り回されそうになっても大丈夫。ひとみ嬢の倍ほどの年齢を重ねて長期に渡って「映画監督：大林宣彦の娘」をやっている、年季の入った私が言うんだもの、説得力、あるでしょう？（笑）。

さて、ところで。肝心な劇中映画『桜の坂』の撮影現場の話である。読み進めるうちに、赤川さんは撮影現場をそういう目で見ていたのかと思う個所がいくつかある。「食堂の入り口のわきに公衆電話」「傷付きやすい巨匠」「食事を忘れるのは監督だけ」、撮影所では〈××組〉と呼ばれるスタッフ&キャスト。「映画のスタジオはTVと違って地面は土」「ファインダーを覗くと、意外に暗い」「活動屋はせっかち」、雑用係だと言い切る助監督。どれもこれも、本当のことばかりだ。これまた、母親のお腹のなかにいたころから撮影現場で育った私が言うんであるから、説得力がある（苦笑）。スタジオとロケの撮影の仕方の違いも細かいところまで観察されている。現場に赤川さんが現れたら、油断大敵である⁉ただ一点だけ、現実と違うところがある。前途ある新人女優ひとみを、危険な急流のなかにリハーサルもせず一発本番させ、しかも橋げたにぶつけて殺してしまうところ。これは赤川的ドラマツルギー、です。実際の撮影現場ではスタントマンを使うか、それこそ助監督らが何回もリハーサルを重ね、百パーセント安全のOKが出ない限り、現場経験が浅い新人には演らせません。なので女優を目指す新人さんたち、ご安心あれ。恐がらずに、映画界へいらっしゃいませ！

それにしても赤川さんの頭のなかには、撮影前の、まだ何も映っていない状態のフィルムがたくさん詰まっているのではないだろうか。そして赤川さんの心のなかで紡ぎ出された物語は脳に送られ、頭のなかのフィルムに焼き付けられ、手を現像所代わりに通過し、